LES RUSES

DES

FILOUS ET ESCROCS

DÉVOILÉES.

Tout Débitant d'Exemplaire dudit Ouvrage qui ne sera pas revêtu de ma Signature, sera poursuivi, conformément à la Loi.

L.-É. HERHAN, IMPRIMEUR-STÉRÉOTYPE,
BREVETÉ DE S. A. R. Mgr. DUC DE BERRY,
rue Servandoni, près Saint-Sulpice, N°. 13.

*Voilà ma femme, elle eut hier un flux
qui l'a réduite à l'état où vous la voyez ;*

LES RUSES

DES

FILOUS ET ESCROCS

DÉVOILÉES;

CONTENANT

Les détails des ruses, finesses, tours industrieux employés par les Filous et Escrocs pour faire des dupes, ainsi que les Aventures auxquelles leurs friponneries et escroqueries ont donné lieu.

Ouvrage indispensable et nécessaire à toutes personnes honnêtes, pour se garantir des pièges et fraudes de ces Chevaliers d'industrie.

CINQUIÈME ÉDITION,

Entièrement refondue et augmentée de plus de moitié.

TOME PREMIER.

A PARIS,

CHEZ GERMAIN MATHIOT LIBRAIRE,

Place Saint-André des Arcs N°. 26.

1819.

AVERTISSEMENT.

L'ART de la filouterie enfante chaque jour des chefs - d'œuvres propres à étonner les personnes les plus habiles.

Les filous et escrocs sont industrieux à imaginer continuellement des moyens d'exercer utilement leur art. Ces sortes de gens sont capables de toute action basse et servile, comme l'insinuation, la flatterie, l'hypocrisie, la dissimulation ; ils sont toujours disposés à exercer leurs projets abominables, n'importe le malheur qui en doit résulter, pourvu qu'il tourne à leur avantage; ils mettent tant d'art et d'habileté dans l'exécution de leurs friponneries, qu'il est presqu'impossible de ne pas tomber dans leurs filets. Leur commerce est de tromper et d'attraper; leur subsistance est fondée sur la fraude.

Ces chevaliers d'industrie sont si trompeurs que, sous le masque de l'amitié, et par leurs mesures adroites, ils ruinent l'homme honnête et confiant, et partagent, avec leurs vils associés, le produit de leur supercherie. Si quelques-uns se comportent envers vous avec une honnêteté extraordinaire, croyez que, leur étant étranger, ils n'ont d'autre désir de rechercher votre connaissance, que pour satisfaire leur desseins intéressés.

On entend journellement parler des subtilités et des tours d'adresse de ces fripons et escrocs; mais on ignore combien leur esprit fécond leur fournit d'expédiens pour tromper le public. Nous croyons important de découvrir à nos lecteurs les différentes supercheries et ressources dont ils se servent pour en imposer. Quoique quelques-unes des aventures que nous rapportons paraissent incroyables, il n'en est pas moins vrai qu'elles sont arrivées.

Quatre éditions épuisées de cet ouvrage prouvent authentiquement son utilité : nous l'avons entièrement refondu et augmenté de moitié ; et les faits que nous citons le rendent d'autant plus intéressant, qu'ils prémunissent le public contre les tours d'adresse et les ruses des fripons et escrocs.

LES RUSES

DES

FILOUS ET ESCROCS

DEVOILÉES.

LE 24 juin 1802, le nommé Flachat écrivit au conseiller de Piton, chargé d'affaires du duc Guillaume de Looz, qu'ayant quelque chose d'important à lui communiquer, il le priait de passer chez lui.

De Piton s'y rendit et vit, pour la première fois, Flachat, dont il n'avait jamais entendu parler.

Dans cette première conférence, Flachat s'annonça comme l'ami intime du Premier Consul, son homme de confiance dans les affaires les plus secrètes; enfin, son banquier chargé du placement de tous ses fonds, et pour ne laisser aucun doute sur cet énoncé, il montra à Piton une liasse considérable de lettres écrites de la main du Premier Consul.

Vous avez, dit-il à de Piton, adressé il y a quelque temps un mémoire au Premier Consul, pour réclamer sa protection, et obtenir l'indemnité due au duc de Looz : c'est moi qui le lui ai remis directement, et d'après les pourparlers que nous avons eus ensemble à cet égard, il a déterminé que l'indemnité du duc serait assignée sur le duché de Westphalie, et s'éleverait à un million de revenu; mais avant de signer le traité qui doit avoir lieu à cet égard, ajouta

Flachat, le Premier Consul m'a chargé de vous dire qu'il désirerait que vous vendissiez au membre de sa famille qu'il désignera, les biens que vous possédez en France, et que vous avez l'intention de ne pas conserver. Si vous y consentez, votre indemnité n'éprouvera plus aucun obstacle. Je dois lui porter demain votre réponse; mais surtout ne perdez pas de vue que vous payeriez chèrement la moindre indiscrétion à cet égard, et que dès-lors vos demandes seraient pour toujours évincées.

De Piton pria Flachat d'assurer le Premier Consul qu'il s'empressera de signer tous les actes qui lui seront présentés de sa part; que le duc Guillaume de Looz verra avec plaisir que la transmission des biens de sa maison se fait dans une famille qui a si bien mérité aux yeux de toute l'Europe, et qu'il n'oubliera jamais que c'est à la protection d'un si digne chef qu'il sera redevable de son existence civile et politique.

Le lendemain, 25 juin, à sept heures du matin, de Piton se rendit chez Flachat pour lui remettre les renseignemens qu'il lui avait demandés la veille sur la nature des biens du duc de Looz. A peine est-il entré, qu'un courrier, couvert de sueur, apporta un billet conçu en ces termes :

« Je vous prie, mon cher Flachat,
» de vous rendre le plus tôt possible à la
» Malmaison; j'ai à vous parler d'objets
» importans. »

Aussitôt, Flachat ordonna à ses gens, qui se présentèrent en grand nombre, de mettre sa grande livrée et de faire atteler quatre chevaux à sa voiture.

« Rendez-vous chez moi à une heure, « dit-il à de Piton, et attendez-moi » jusqu'à mon retour de Malmaison. »

A sept heures du soir, Flachat arriva et annonça que le Premier Consul, qu'il avait trouvé dans son jardin, lui avait sauté au cou, l'avait embrassé, et lui avait dit : « Ah ! mon cher ami Flachat, » j'ai encore besoin de vos conseils; mes » finances sont en détresse, il me faut » en ce moment quinze millions; il n'y » a que vous qui ayez les moyens de » me faire cette somme, et de me tirer » du cruel embarras dans lequel je me » trouve; acceptez le Ministère des Fi- » nances, autrement je ne réponds plus » de rien. »

« Quant à vous, ajoute Flachat, il a
» décidé que ce serait son frère Joseph
» qui réglerait l'indemnité du duc de
» Looz, et en passerait le traité : il m'a
» donné l'assurance qu'il ratifierait tout
» ce que son frère Joseph aurait conclu
» et arrêté à cet égard. »

Le 26 juin, à dix heures du matin, Flachat présenta à de Piton le nommé *** qui se dit envoyé de Joseph Bonaparte, pour traiter de l'acquisition des biens du duc Guillaume de Looz.

Cet envoyé assura de Piton que les indemnités étaient réglées, non sur le duché de Westphalie, dont on fesait un autre emploi, mais sur la partie de l'évêché de Munster, située à la rive gauche de l'Ems, qu'on évaluait à 800,000 florins de revenu; que le duc Guillaume jouirait, avec ce pays, de la prérogative d'un vote viril au banc des princes, et qu'aussitôt que les actes préparatoires, qui devaient servir de sûreté à la vente, seraient signés, le Premier Consul donnerait la main levée du séquestre.

Joseph m'a chargé, ajouta cet envoyé, de vous conduire à Morfontaine, aussitôt la régularisation des actes, pour passer avec vous le diplôme qui fixera vos indemnités d'une manière invariable, et dans lequel on stipulera la garantie de la France. Il le portera de suite au Premier Consul, qui chargera le Ministre des Relations extérieures de son exécution.

Joseph verrait avec plaisir, ajouta cet envoyé, que vous engageassiez le ministre de sa Majesté Prussienne à intervenir dans ce traité.

L'envoyé présenta alors les projets des actes qu'il venait, dit-il, d'apporter de Morfontaine, et il observa qu'il ne conviendrait pas d'y apporter aucun changement, parce qu'ils étaient agréés du Premier Consul et de son frère Joseph.

De Piton déclara de nouveau qu'il souscrirait avec pleine et entière confiance à tous les actes qui lui seraient présentés de la part du Premier Consul, ou de tous autres membres de son illustre famille.

On convint, en se retirant, de se réunir le lendemain à huit heures du matin chez Flachat, pour la signature des actes.

A cette réunion, Flachat présenta un nommé Bret avocat. C'est, dit Flachat, la personne que Joseph a choisie pour figurer dans le contrat :

« Ma fortune est tellement forte, dit-
» il, que je risquerais, en me mettant
» en nom dans cet achat, de me faire
» beaucoup d'ennemis. »

Deux heures après, arriva le notaire Charpentier, qui s'excusa d'avoir fait attendre, sur ce qu'il avait dû se rendre de grand matin aux Tuileries, et de là passer chez Joseph, pour rédiger un contrat secret.

Flachat présenta Charpentier à de Piton, comme le notaire de confiance du Premier Consul et de toute sa famille.

De Piton déclara que, sous ce rapport, Charpentier devenait investi de sa confiance illimitée.

Charpentier fit lecture des actes, qui furent consentis et signés tels qu'ils étaient présentés.

Aussitôt, l'envoyé de Joseph se retira en disant qu'il partait pour Morfontaine, où il annoncerait que tout était consommé, et demanderait à Joseph le jour et l'heure qu'il fixerait pour passer le traité.

Le 2 juillet, Flachat écrivit à de Piton de se rendre chez lui le lendemain, à sept heures du matin.

Dans cette conférence, Flachat annonça que Joseph avait jugé que les pouvoirs de Piton étaient insuffisans, et qu'il fallait, avant de passer le traité diplomatique, que de Piton procurât la ratification des actes par le duc son maître; qu'à cette fin, de Piton devait expédier un courrier extraordinaire, avec les modèles des pouvoirs et de ratification qu'il avait rédigés, conformément aux lois françaises.

Le 6 juillet, de Piton expédia un courrier extraordinaire au duc son maître, à qui il fit un rapport exact de toute sa négociation, et lui annonça qu'il pouvait ratifier de confiance tous les actes qu'il lui envoyait, parce qu'ils étaient conformes à la volonté du Premier Consul et de son frère Joseph, auxquels la maison ducale devrait la conservation de son existence civile et politique.

Le 11 juillet, le duc Guillaume de Looz, pénétré de la plus entière confiance, ratifia les actes tels qu'ils lui avaient été envoyés, et les fit revêtir du *visa* du ministre de France près la cour de Cassel.

En renvoyant ces actes à de Piton, il lui écrivit que, « d'après sa confiance

» entière dans la justice et la magnani-
» mité du Premier Consul, il signe aveu-
» glément les actes qui lui sont envoyés,
» et qu'il se confie, pour l'exécution,
» dans la divine providence et dans ce-
» lui envoyé de Dieu sur la terre, pour
» rétablir la paix parmi les hommes
» (le Premier Consul.) »

Le 20 juillet, arriva le courrier porteur des actes revêtus de la signature du duc Guillaume. Aussitôt Flachat en informa l'envoyé de Joseph, qui dit partir pour Morfontaine.

Cet envoyé revint le lendemain ; il dit que Joseph avait été très-satisfait de la conduite du duc Guillaume, et avait donné l'assurance formelle, que, sous quarante-huit heures, le traité politique serait signé.

Le 22 et jours suivans, de Piton attendit en vain le traité diplomatique qui lui était promis. Chaque jour on le remettait au lendemain; enfin, pressé par ses vives sollicitations, on lui annonça que Joseph avait remis au Ministre des Relations extérieures l'ordre du Premier Consul; qu'on allait publier le plan général, et qu'on y verrait figurer le duc Guillaume - Joseph, pour les indemnités qui étaient convenues.

Dans cet intervalle, le duc Joseph-Guillaume écrivit à de Piton qu'il pensait que le traité diplomatique devait être signé. Il s'exprimait ainsi dans cette lettre :

« Je prie Dieu pour la conservation
» des jours du Premier Consul et de

» son frère Joseph. Fasse le ciel qu'ils » transmettent leur sagesse à leurs suc- » cesseurs, et qu'ils vivent perpétuelle- » ment en eux; ce sont mes vœux les » plus sincères. »

Ce ne fut qu'après la publication du premier plan d'indemnité que de Piton, voyant que le duc Guillaume ne s'y trouvait pas compris, commença à douter de la vérité de tout ce qui s'était passé. Il communiqua ses doutes à Flachat qui ne manqua pas de prétextes pour chercher à le tranquilliser. « Je vais, dit-il, à » Malmaison, pour parler au Premier » Consul; venez demain, et je saurai » vous donner du positif. »

Le lendemain Flachat dit à de Piton : « Le Premier Consul m'a chargé de vous » assurer qu'il tiendrait ses promesses,

» et qu'il était indigné de la conduite de » l'Autriche et de la Prusse, qui, dans » cette circonstance, n'avaient point » rempli ses intentions. Au surplus, dit » Flachat, le Premier Consul va ren- » verser tout le plan, et il m'a dit de » vous charger d'écrire au duc Guil- » laume qu'il pouvait se confier entière- » ment dans sa protection, et qu'il ob- » tiendrait indubitablement l'indemnité » qui lui a été promise, lorsqu'on a signé » les contrats. »

Malgré ces assurances, le voile qui, jusqu'alors, avait couvert les yeux de de Piton, fut totalement déchiré. En conséquence, après avoir fait à Flachat tous les reproches que méritait une conduite répréhensible, il lui proposa d'anéantir tous les actes, et de laisser, à cette condition, enseveli dans un éternel oubli, tout ce qui s'était passé.

Mais, malgré toutes les remontrances et les démarches de de Piton, Flachat ne voulut point consentir à cet arrangement, et déclara qu'il était bien vrai que le Premier Consul et Joseph n'avaient pas tenu leur parole jusqu'alors, mais qu'ils pourraient avoir donné à Ratisbonne des instructions secrètes qui paraîtraient dans le second plan; que, dans tous les cas, il ne consentirait à se désister de ses contrats, qu'autant qu'il lui serait alloué un dédommagement de douze cent mille francs.

De Piton s'adressa à Charpentier pour se plaindre de cette conduite, et le prévenir de ne pas se dessaisir des actes déposés; mais celui-ci, au lieu de blâmer la conduite de Flachat, déclara être de moitié dans les bénéfices de cette affaire, et observa qu'il fallait s'arranger avec Flachat assez amiablement, si l'on ne voulait pas lui voir user de la possibilité qu'il avait avec l'avocat Bret, de faire enregistrer les contrats, de vendre les biens, et de passer avec tous ses fonds à l'étranger.

De Piton sentit que la prudence exigeait de grands ménagemens envers un homme capable de tout, et son opinion à cet égard était tellement fondée, que l'expérience a depuis prouvé que Flachat, sous la caution de Charpentier, violant le dépôt des actes qui avait été fait chez ce dernier, les avait engagés auprès de M. Desprez, banquier, comme garans d'un emprunt de 600,000 fr. à son profit, qu'il obtint de lui par fraude.

En conséquence, après un mois de négociation, il parvint enfin à réduire à un million les prétentions de Charpentier et de Flachat.

Il ne s'agissait donc plus que de faire anéantir totalement les contrats, et à cette fin, de Piton parvint à déterminer Flachat à partir avec lui, le 10 janvier 1803, pour se rendre auprès du duc Guillaume, à Rheina, revêtu des pouvoirs de Charpentier, pour transiger et régler définitivement cette affaire.

Dans le rapport que fit de Piton, à son arrivée, au duc Guillaume, son maître, après avoir présenté tous les détails de cette trame criminelle, il proposa de faire emprisonner Flachat, et de le faire punir conformément aux loix;

mais le duc Guillaume, par respect et par attachement pour la personne du Premier Consul, et pour celles de tous les membres de sa famille, et désirant éloigner les conséquences qui pourraient résulter de la publicité d'un crime aussi odieux, dans un état qui venait d'éprouver une secousse aussi violente, ne voulut point consentir à sévir contre Flachat, et préféra sacrifier les intérêts de sa famille. Il ordonna en conséquence à de Piton d'observer un silence éternel sur cette affaire, et chercha les moyens les plus propres d'assurer aux deux intrigans, qui l'avaient si cruellement trompé, le million de remise qu'ils exigeaient.

Mais, n'ayant point cette somme, ne pouvant la trouver que sur des empruns à faire sur ses biens, dont la disponibilité lui était enlevée par les actes passés avec Flachat, et ne pouvant obtenir de lui d'annuler ces actes avant que la remise lui fût assurée, il fut forcé à lui passer vente de ses biens, à des conditions et avec des remises qui assuraient à Flachat la somme qu'il exigeait.

Le duc Guillaume, pour mieux éviter toute publicité, se détermina de plus à laisser ignorer, en mourant, à son fils Joseph Arnould, les motifs politiques qui l'avaient déterminé à cette mesure.

Telle était la position du duc Joseph Arnould, lorsque, sur la demande qu'il fit de la levée du séquestre apposé sur les biens de son père, il lui fut représenté qu'il n'obtiendrait la levée de ce séquestre qu'autant qu'il se rendrait acquéreur des biens acquis par Flachat.

Il fallut donc, de nouveau, traiter avec cet homme misérable, et faire le sacrifice de douze-cent-mille francs, par les dédommagemens qu'exigea Flachat, par les remises qu'entraîna la réalisation de ces dédommagemens, et par les coûts de contrats et d'enregistrement.

Cette nouvelle soumission du duc Arnould fut enfin suivie de la levée du séquestre sur ses biens, et il touchait au moment de s'acquitter enfin des engagemens énormes qu'il avait contractés, et qui de jour en jour détérioraient sa position, par la cumulation de l'intérêt, lorsque, par des prétentions injustes et des dénonciations calomnieuses, les sœurs du duc Joseph-Arnould sont parvenues à surprendre la religion de Sa Majesté l'Empereur, et à faire réapposer le séquestre sur des biens qui lui appartenaient, non comme héritier, mais comme acquéreur : titre contre lequel des prétentions des co-héritiers ne pouvaient avoir aucune prise.

Il adressa donc à Sa Majesté, le 10 nivôse an 13, une narration simple et fidèle des faits que nous venons de rapporter, et voici la lettre qu'il reçut à ce sujet :

Le Secrétaire d'Etat, à Monsieur le Duc de Looz de Corswarem.

« Sa Majesté l'Empereur a pris connaissance, Monsieur le Duc, de votre lettre du 10 de ce mois, et du narré dans lequel, en exposant les motifs qui ont déterminé le feu duc Guillaume de Looz à la vente de ses biens en France, vous faites connaître les détails de l'intrigue dont vous avez été la victime.

» Sa Majesté a ordonné aussitôt, que les auteurs de cette odieuse escroquerie fussent arrêtés et livrés aux tribunaux, pour être poursuivis selon toute la rigueur des lois.

» Elle a vu avec plaisir, Monsieur, la franchise qui a dicté votre démarche, et elle désire que toute autre personne, s'il en est qui ait été l'objet de semblables manœuvres, imite votre exemple : c'est un moyen d'obtenir justice, et d'assurer le châtiment des coupables.

» J'ai l'honneur de vous offrir l'assurance de ma haute considération.

Signé, H.-B. MARET. »

NOTA. Les nommés Flachat et Charpentier ont été condamnés, le lundi 3 mars 1806, par la Cour de Justice Criminelle de Paris : le premier, à une année d'emprisonnement, et à deux-mille francs d'amende ; l'autre, à six mois d'emprisonnement, et à mille francs d'amende.

AU mois de septembre 1797, il arriva à Bordeaux un Américain avec beaucoup d'argent, et fort peu de connaissance. Il débarqua dans un hôtel garni appelé l'*Hôtel de Fumel*, et admit bientôt dans son intimité son hôte et le perruquier qui le coiffait. Sa suite était composée d'un seul nègre. Il était si désœuvré et si bavard, qu'en peu de jours, il mit l'hôte et le perruquier au fait de toutes ses affaires en Amérique. Au bout de trois semaines, cet homme mourut subitement dans son lit. Ses deux confidens, qui avaient vu jouer le Légataire universel, se concertèrent aussitôt pour faire une répétition du testament de Crispin. L'un d'eux se met au lit après avoir caché le cadavre; l'autre avec le nègre, va chercher un notaire qui reçoit le testament du malade supposé. Après cette cérémonie on envoie chercher un confesseur, et pendant ce temps on replace le véritable mort dans son lit. A l'arrivée du confesseur, des larmes feintes lui apprennent que le malade vient de passer. Monsieur Scrupule revient, lit le testament de la veille : l'on y trouve deux legs considérables pour l'hôte et pour le perruquier. Le nègre interrogé, confirme toutes les dépositions de ces deux coquins : enfin, on enterre l'Américain. Cependant, les intriguans qui avaient fait les plus belles promesses au nègre pour le mettre dans leurs intérêts, eurent la maladresse de le mécontenter au sujet de quelque demande qu'il leur faisait. Celui-ci piqué, va dénoncer leur friponnerie au juge. Ils ont été aussitôt arrêtés et ont subi le sort qu'ils avaient si bien mérité.

Un jeune homme contrefaisant l'étranger, se rend chez un tailleur, et lui dit : On m'a adressé à vous, Monsieur, pour avoir un habit, et j'y viens avec confiance. Je ne regarde pas au prix, mais je désirerais une étoffe solide et bonne. Le tailleur de répondre qu'il s'efforcera de le satisfaire. Aussitôt il lui montre divers échantillons; le jeune homme les examine, et prend sur chacun le conseil du tailleur; enfin il s'arrête à une couleur que l'on dit être celle à la mode. On convient du prix; on lui prend mesure, et l'habit doit être livré le lendemain matin à dix heures. Le jeune homme présente au tailleur un billet de banque de cinq-cents francs, et lui dit de se payer; le tailleur répond qu'il n'a pas coutume de recevoir de l'argent d'avance, et qu'il le payera demain en recevant son habit. Il lui demande son adresse, afin de se rendre chez lui à l'heure indiquée. Le jeune homme se dispose à la lui écrire, mais il se rappelle qu'il est obligé de sortir de très-bonne heure; et pour ne pas faire faire une course inutile, il viendra lui-même prendre l'habit, et il sort. Le lendemain il arriva chez le tailleur à dix heures précises; il avait pris un cabriolet pour s'y rendre. Je suis de parole, comme vous le voyez, dit-il en entrant. Je le suis de même, reprend le tailleur; voici votre habit, veuillez le mettre pour voir s'il vous va bien. Le jeune homme l'endosse, et trouve qu'il ne le gêne point; il le garde et roule l'habit qu'il vient de quitter : il va pour payer, il ne trouve ni sa bourse, ni son portefeuille; il a laissé l'un et l'autre sur sa cheminée. Je ne demeure pas loin de chez vous, dit-il au tailleur, faites-moi le plaisir de m'accompagner chez moi, je vous remettrai votre argent; j'ai un cabriolet, vous serez bientôt de retour; d'ailleurs je vous ramenerai. Le tailleur, qui ne devait pas se défier d'un homme qui avait voulu le payer d'avance, accepte la proposition. Le jeune homme n'oublie pas de prendre son habit sous le bras : ils montent dans le cabriolet que le jeune homme conduit lui-même. Au bout d'un petit quart-d'heure il arrête la voiture devant une porte cochère : il est inutile, dit-il au tailleur, que vous descendiez, je suis à vous dans deux minutes; mais le filou s'était arrêté devant un passage; et au lieu de monter dans la maison, avait gagné bien vîte au large. Le tailleur attendait avec impatience le jeune homme qui n'avait garde de revenir. Il s'informe au cocher du cabriolet s'il le connaît. — Nullement, il m'a pris sur la place. Sur ce que le cocher lui dit que la maison est un passage : Je suis escroqué, s'écria-t-il, et il descendit de la voiture, en proférant ces mots; et comme il se disposait à s'en retourner à pied chez lui, le cocher l'arrêta, et lui dit : Comme il n'est pas juste que je perde ma course, et que vous êtes monté dans ma voiture, je vous prie de me payer; je n'entre pas dans vos arrangemens avec la personne qui vient de s'en aller; je ne connais que vous pour mon débiteur. Le tailleur, tout en maudissant le jeune homme qui l'avait dupé, paya le cocher, et s'en revint tristement chez lui.

DANS le mois de Brumaire an 5, deux particuliers assez décemment mis firent porter chez un marchand bijoutier de la rue Saint-Honoré, une très-grande malle sur le dos d'un portefaix, avec prière de la leur garder, prétextant que n'ayant pu trouver l'adresse du propriétaire, il était inutile de la transférer chez eux. Ce qui fut accepté du bijoutier. Comme il est assez d'usage de faire coucher quelqu'un dans ces riches magasins, le garçon qui y était, entendit, sur les minuit, quelque mouvement du côté de la malle : il y prêta l'oreille, et s'étant assuré du bruit, il alla en avertir les personnes de la maison qui essayèrent de crocheter cette malle. Ils ne purent en venir à bout, le secret était en dedans. Ils se décidèrent à la mettre en pièces : ils y trouvèrent un homme et des poignards. On envoya au corps-de-garde voisin pour en prévenir. L'officier de garde, se doutant qu'il devait y avoir quelques complices, recommanda que l'on n'ébruitât pas cette affaire, et dit qu'il allait agir en conséquence. Il fit mettre suffisamment de monde aux coins des rues aboutissantes, et vers les trois heures du matin, on avait arrêté sept personnes, qui se trouvaient toutes complices, et on les conduisit en lieu de sûreté.

~~~~~~~~~

Une princesse d'Allemagne, se trouvant un jour à l'Opéra, que la reine honorait ce jour-là de sa présence, vit entrer dans sa loge un gentilhomme suivi de deux pages. Ce seigneur, après avoir salué respectueusement cette princesse, lui demanda au nom de la reine, de vouloir bien lui confier une de ses boucles d'oreilles, en lui disant que Sa Majesté les trouvait d'une grande beauté, et
~~~~~~~~~

qu'elle désirerait en voir une. Tout aussitôt la princesse s'empressa d'ôter une de ses boucles, et de la remettre au gentilhomme, en le priant de vouloir bien présenter tous ses respects à sa souveraine. Le gentilhomme, après avoir reçu ce bijou, sortit de la loge. Durant le spectacle, la princesse ne s'occupa point de sa boucle d'oreille; mais l'Opéra étant achevé, et ne voyant point arriver sa boucle, elle envoya un de ses officiers près de la reine, lui demander si elle n'avait plus besoin de cet objet. La reine étonnée, lui fit dire qu'elle n'avait pas vu de boucles d'oreilles, et qu'elle ne savait pas ce que cela voulait dire. La princesse jugea alors que le soit-disant gentilhomme était un escroc.

~~~~~~~~
~~~~~~~~

Un filou, plein de confiance dans les ressources de son métier, loua un carrosse coupé, et habilla un de ses camarades pour lui tenir lieu de laquais. Il arrête devant la boutique d'un marchand de drap, et paraît frappé de la couleur de deux pièces de drap, qui étaient exposées en vente. Il interroge son laquais, et lui demande si cette couleur n'est pas celle de sa grande livrée : le laquais lui répond par l'affirmative. Il fait auner les deux pièces, en demande le prix, et les achette. Il tire sa bourse, dans laquelle il ne trouve plus que cinq louis. Il a couru toute la matinée pour différens achats, et il a dépensé plus qu'il ne s'était proposé; il est pressé : il jette les cinq louis sur le comptoir, tire sa montre, la remet au marchand. Le laquais s'empare de la marchandise, en protestant qu'aussitôt que le marquis sera arrivé à l'hôtel, il reviendra lui-même apporter l'argent, et reprendre la montre. Le marchand embarrassé, craint de se compromettre vis-à-vis d'un homme de qualité, prend le prétexte qu'il ne peut, ni ne veut, recevoir des gages; offre de faire porter le drap. Le marquis ne veut point importuner : il observe qu'ayant sa voiture, il est plus simple qu'il se charge du drap; à l'égard du gage, cela lui est indifférent; il n'est pas juste qu'on lui confie de la marchandise sans le connaître. Il monte dans la voiture, et part sans attendre de réponse. Il s'arrête dans la même rue à la porte d'un horloger : il y trouve deux pendules qui lui conviennent, il les achette dix-huit-cents livres. Il veut que l'on vienne les placer sur-le-champ dans son appartement. Comme la voiture est à ressort, il croit qu'elles seront mieux avec lui, mais elle se trouve si petite, qu'elles occupent, avec M. le marquis, toute sa capacité. M. le marquis ordonne à son laquais de retirer les deux pièces de drap; l'horloger veut bien s'en charger et les faire porter par son garçon. M. le marquis monte dans la voiture, donne son adresse, et recommande qu'on le suive immédiatement avec ses deux pièces de drap. L'horloger cherche l'hôtel, et ne le trouve point; il nomme M. le marquis, il n'est point connu; il revient chez lui dans l'espérance que M. le marquis, impatient, enverra chercher son drap, et du monde pour poser ses pendules. Le lendemain, il voit arriver chez lui son voisin, marchand

Tom. 1.er page

Moyen dont se servent deux filoux pour escroquer au Duc d'Orleans l'autre boucle à diamans qu'ils n'ont pas eu le tems de lui prendre la veille.

de drap, qui lui présente la montre laissée en gage par M. le marquis. Cette montre est de cuivre doré; il lui conte avec amertume sa triste aventure. L'horloger lui riposte par ses deux pendules, et lui montre le drap déposé chez lui. Le marchand reconnaît ses deux pièces, les réclame, le menace de le faire assigner. Plusieurs voisins sont consultés sur ce sujet, et décident que chacun doit garder ce qui lui a été laissé en nantissement.

Le duc d'Orléans, pendant son séjour à Londres, y fit faire une paire de boucles à souliers garnies de véritables diamans.

Etant de retour à Paris, dans l'une de ces promenades nocturnes qu'il faisait souvent, on lui vola une de ses boucles; mais les filous n'ayant point assez de temps pour prendre l'autre, remirent la partie à une autre occasion.

Le Duc ne s'aperçut de ce vol que lorsqu'on le déshabilla : il fut très-surpris de l'habileté et de la hardiesse de celui qui lui avait enlevé ce bijou.

Le lendemain, de très-bonne heure, on lui annonça deux chevaliers de Saint-Louis, qui venaient, disaient-ils, pour affaires pressantes. Le Duc ordonna qu'on les introduisît. Les chevaliers de Saint-Louis dirent au Prince qu'ils venaient de la part de monseigneur le lieutenant-général de police qui, ayant appris qu'on lui avait volé une boucle d'un grand prix, avait mis toute la nuit des gens sur pied pour tâcher de découvrir le voleur; qu'il croyait que ses recherches n'avaient pas été infructueuses; qu'on avait trouvé sur un particulier une boucle garnie de diamans, mais que n'étant pas sûr si c'était celle de Son Altesse, monsieur le lieutenant-général de police le priait de vouloir bien lui confier l'autre, pour qu'il pût la confronter. Le Duc qui ne doutait point que ce ne fût véritablement la sienne, se hâta de donner l'autre aux chevaliers de Saint-Louis, qui prirent congé du Prince.

Deux jours s'étant passés sans que le Duc revît les chevaliers de Saint-Louis, il se rendit chez le lieutenant-général de police qui, après s'être informé du sujet qui l'amenait, lui dit : « Vous auriez dû vous méfier de ces faux chevaliers. Après leur avoir donné votre boucle, il fallait les faire suivre; c'était le vrai moyen de recouvrer l'autre. Je vais cependant faire faire des recherches; mais je crains fort qu'elles soient inutiles, car ces chevaliers d'industrie n'auront point la gaucherie de présenter vos boucles à des marchands, ils les auront déjà dénaturées à ne pas les reconnaître. » Effectivement, malgré la vigilance de la police, on ne put découvrir ni les boucles, ni les chevaliers de Saint-Louis. Ce qui piqua le plus le Duc, ce fut d'avoir été la dupe de ces escrocs, et de leur avoir livré lui-même la boucle qu'ils n'avaient pu lui prendre la veille.

Un filou extrêmement rusé avait un fort beau diamant, qui valait bien dix-sept à dix-huit-cents livres, avec lequel ayant dessein de faire un tour de son métier; il fit tailler par un orfèvre de ses amis une pierre blanche, de celles qui viennent du Canada, qui ressemblent, étant taillées, si fort à un diamant, qu'il n'y a que les experts qui en puissent connaître la différence, ils écrivent même sur le verre, sur les fins, et ont aussi un lustre, sinon égal, pour le moins extrêmement approchant. Il la fit, comme nous l'avons dit, tailler de la même forme et de la même grosseur que le bon, avec une feuille si proprement mise et l'enchâssure si semblable, qu'il était bien mal-aisé à un autre qu'un expert lapidaire de le discerner d'avec le bon. Avec ces deux pièces, il se présente chez une marchande de soie de la rue aux Fers, en disant que pour se marier, il a besoin d'une quantité d'étoffes pour s'habiller lui et sa maîtresse. Cette marchande voyant une si bonne pratique, lui dit qu'il ne trouverait point dans Paris mieux son fait que chez elle, ni qui lui fît meilleur marché. Elle lui déploie quantité d'étoffes de toutes sortes. Mais avant de rien marchander, il lui dit : Madame, je n'ai point d'argent comptant à vous donner jusqu'à ce que j'en aie reçu de mon mariage; je me marie dans huit jours, après je dois recevoir mon argent; il m'en faut pour quinze ou seize-cents livres, mais en attendant que je vous paie, je vous donnerai des gages. — Quels gages me donnerez-vous, Monsieur? — Tels que vous en serez contente, lui répondit-il, et lui montrant son diamant, je vous laisserai cette bague, Madame. Elle le regarde; et quoiqu'elle ne s'y connût pas, elle vit bien qu'il était fort beau. Mais, Monsieur, je ne me connais point en pierreries, je ne connais point leur bonté, et je ne sais pas leur valeur. — Faites-le voir, Madame, à quelque personne capable, et à qui vous vous fiez, je m'en rapporterai à ce qu'elle vous dira. Elle trouva cette proposition fort juste, et dit qu'elle le montrerait volontiers à un orfèvre de sa connaissance, s'il voulait prendre la peine de venir avec elle jusque-là. Il répondit qu'il ne demandait pas mieux. Elle le mena donc chez un sien compère, orfèvre, à qui elle fit voir ce diamant, le priant de lui dire s'il était bon, et combien de marchandise elle pouvait confier dessus. L'ayant contemplé à loisir, allez ma commère, lui dit l'orfèvre, quand vous lui donneriez pour cinq-cents écus de marchandise, et plus encore, je vous en réponds sur ce gage-là. Je le crois bien, dit le galant, vous ne l'auriez pas assurément pour ce prix-là; mais je n'ai pas envie de le vendre, et il suffit que vous m'en donniez environ pour cette somme-là; je pense que j'en aurai assez. — Mais, Monsieur, vous savez que les marchands, comme nous, ont affaire de leur argent pour aller en marchandise; si vous pensiez me le laisser long-temps entre les mains, vous me feriez tort. — Madame, je vous ferai un écrit par lequel je vous donnerai permission de le vendre comme étant à vous, si dans un mois, pour toute sorte de délai, je ne le retire d'entre vos mains. — Fort bien, dit la dame. — Et si Monsieur ne le retirait pas par hazard, dit l'orfèvre, et que vous eussiez besoin d'argent, apportez-le moi, je vous en donnerai toujours jusqu'à seize-cents livres. La dame, bien aise, jugeant qu'il fallait qu'il valût davantage, puisque si franchement cet homme en offrait cette somme pour regagner encore dessus, dit au maître du diamant, qu'il pouvait venir à sa boutique choisir telle marchandise qu'il lui plairait. Il prend sa bague, et s'en revient avec la dame à la boutique, où il prit quantité d'étoffes d'or et de soie de toutes façons jusqu'à la concurrence de seize-cents livres. Lorsque toutes les marchandises furent coupées, il lui mit dans la main le faux diamant qui était, comme nous l'avons dit, si semblable au fin. La dame le prit, n'ayant garde d'imaginer la tromperie, et ne le regarda pas beaucoup parce qu'elle ne se défiait pas que ce fût un autre que celui qu'elle avait vu entre les mains de l'orfèvre. Le galant lui dit : Madame, faites-moi, s'il vous plaît, apporter du papier et de l'encre pour vous faire un petit mot d'écrit; il me semble à propos que nous en ayons chacun un ; moi, pour avoir lieu de vous redemander mon diamant en vous apportant votre argent, et vous, de le vendre, en cas que je ne puisse venir le requérir, quoique je sache bien que cela n'arrivera pas; mais il est bon de prendre ses sûretés : car vous, non plus que moi, ne sommes assurés d'être en vie d'aujourd'hui en un mois : ce qu'elle trouva fort raisonnable. Il lui fit donc un billet qui était conçu en ces termes :

« Je soussigné *un tel*, (un nom qu'il

prit à plaisir) écuyer, sieur d'un tel lieu, avec quantité de qualités qu'il y ajouta, reconnais et confesse devoir à madame *une telle,* marchande de soie, demeurant à Paris, rue aux Fers, paroisse Saint-Innocent, la somme de seize-cents livres pour marchandises à moi livrées, dont je me tiens content; laquelle somme de seize-cents livres je promets lui payer dans un mois de ce jour, et pour assurance de cette somme, je lui ai laissé entre les mains un diamant pesant tant de grains, en table, enchassé en une bague d'or émaillée en telle façon, dont elle est contente; demeurant d'accord, moi dit *un tel,* que ledit mois expiré, ladite dame le pourra vendre à qui bon lui semblera, comme à elle appartenant, sans que moi ni les miens puissent après le revendiquer, sous prétexte qu'il pouvait alors valoir davantage que ladite somme de seize-cents livres, ou pour quelqu'autre que ce soit; en foi de quoi j'ai signé le présent. A Paris, ce... etc. » Lequel écrit la dame garda, et lui en fit un de sa part, contenant à peu près la même chose, qu'elle lui mit entre les mains, de façon qu'ils se séparèrent, tous deux extrêmement contens l'un de l'autre. Le mois expiré, la dame fut grandement contente de voir qu'il n'était point revenu chercher son diamant, s'imaginant déjà avoir gagné pour le moins cent écus au-delà du gain de sa marchandise; mais au bout de quelques jours, étant pressée d'argent pour faire un paiement, elle fut trouver son compère pour le prier de lui prêter l'argent dont elle avait besoin sur ce diamant, dont il connaissait mieux que personne la valeur. Cet orfèvre après l'avoir considéré, lui dit, pour ce diamant-là, je n'en voudrais pas avoir donné plus de cent sous, qui est à peu près la valeur de l'or, car pour la pierre je ne l'estime pas plus de cinq sous. Cette pauvre femme fut extrêmement étonnée, lui disant qu'il lui avait promis de lui en donner seize-cents livres, toutes fois et quand elle aurait besoin d'argent. Oui, sur celui que vous me montrâtes alors, lui dit-il; mais ce n'était pas celui-ci. Elle crut que son compère rêvait : elle le fit voir à plusieurs autres orfèvres qui tous lui dirent la même chose : ce qui lui causa le plus grand chagrin.

Une dame très-bien vêtue, paraissant étrangère, se promenait au Palais-Royal, accompagnée de trois laquais ayant une livrée. Elle s'arrêta devant la boutique d'une marchande de nouveautés; et marchanda plusieurs petits objets qu'elle acheta et qu'elle paya aussitôt.

Ayant aperçu quelques beaux schalls de cachemire; elle les examina; elle en demanda le prix ; qu'elle trouva un peu exhorbitant. La marchande lui faisait admirer la beauté et la finesse de l'étoffe; elle convenait qu'ils étaient très-beaux : elle en choisit donc deux. Après être tombé d'accord sur la somme, elle dit à la marchande de vouloir bien lui envoyer son jeune commis, qui était alors dans la boutique; qu'elle le conduirait dans sa voiture, et qu'elle le solderait sitôt arrivée à son hôtel. La marchande voyant une dame aussi bien mise et ayant trois laquais à sa suite, n'eut aucun soupçon sur elle; elle dit donc à son jeune homme d'aller avec la dame. On fit un paquet des deux cachemires et des petits objets qu'elle avait payés. La dame le prit et le remit à un de ses laquais; elle sortit de la boutique, accompagnée du jeune homme, et rejoignit la voiture.

Arrivée dans un quartier fort éloigné du Palais-Royal, elle descendit de voiture avec le jeune homme, le fit entrer chez un apothicaire. Celui-ci, croyant que c'était une bonne aubaine qui lui arrivait, fit de très-grandes salutations à la dame, qui aussitôt le tira à l'écart, et lui dit : Voici, Monsieur, un jeune homme auquel je m'intéresse beaucoup; je crois qu'il a attrapé quelques petites galanteries, et qu'il n'ose me le dire, faites-moi le plaisir de le prendre à part, et tâchez de savoir de lui ce qu'il en peut être ; après, nous aviserons aux moyens de le guérir. Alors la dame dit au jeune homme d'aller trouver ce monsieur dans son cabinet, et qu'il allait le payer. Le jeune commis entre en effet dans le cabinet du droguiste, qui ferme la porte sur lui pour que personne n'entende leur conversation. La dame profite de ce moment pour remonter dans sa voiture qui s'éloigne au plus vîte.

L'apothicaire, après avoir invité le jeune commis à s'asseoir, lui dit : Quoique je ne sois pas connu de vous, j'espère que vous aurez assez de confiance en moi pour me faire part de certaines particularités qui vous affligent : à votre âge, on se laisse facilement entraîner au penchant qui subjugue ; la raison n'est pas encore assez forte pour se faire entendre, on écoute plutôt l'effervescence de ses sens, et on finit par être victime d'une passion qu'on n'a pas craint devoir vaincre. Vous ne devez pas ignorer que par état, nous sommes des personnes discrètes, c'est ce qui doit vous déterminer à ne me rien cacher. — Je suis étonné, reprit le commis, du propos que vous me tenez, et je vous avoue que je n'entends rien à ce que vous voulez me dire. L'apothicaire persiste, l'autre se fâche. Il est étonnant, reprend le pharmacien, que vous persistiez à nier la chose, quand madame votre tante m'en a fait elle-même l'aveu, et m'a chargé de votre guérison. — Je vous proteste, Monsieur, que la dame avec laquelle je suis venu m'est totalement étrangère : elle m'a dit que vous étiez convenu avec elle de me remettre cent louis d'or, pour deux schalls qu'elle a pris chez ma bourgeoise. A ce discours, l'apothicaire s'aperçoit aussitôt que le jeune homme est friponné. Il sort de son cabinet, ne voit plus la dame, ni les trois laquais; il interroge son garçon, qui lui répond qu'il y a long-temps que la dame est partie. Le jeune commis s'afflige, se désole; il craint qu'on ne le suppose d'intelligence avec la dame. Retournez chez vous, lui dit le pharmacien; si votre maîtresse paraît avoir le moindre soupçon, priez-là de passer chez moi, et je lui attesterai la vérité du fait. Le jeune homme revient au logis; il raconte en tremblant ce qui lui est arrivé. La marchande court aussitôt chez l'apothicaire, pour l'engager à venir avec elle chez le commissaire, faire la déposition de ce qui s'est passé chez lui; il ne s'y refuse pas. La police fit faire des recherches, mais on n'a pu découvrir ni la dame, ni la livrée; car il est à supposer que les intrigantes et les chevaliers d'industrie prennent à chaque instant de nouveaux costumes, pour ne pas être découverts.

Un homme, très-bien couvert, entre un jour chez un bijoutier, pour lui marchander une bague de prix. Le bijoutier lui fit beaucoup d'honnêtetés, et lui montra plusieurs bijoux précieux. Notre homme essaye une bague, deux, trois, demande la valeur de chaque, trouve l'une trop chère, l'autre pas assez belle; enfin il s'arrête à un rubis, qui, dit-il, paraît lui convenir; il demande au marchand quel est le prix, et l'engage surtout à ne pas le surfaire. le bijoutier prend le bijoux, et tandis qu'il l'examine, un mendiant se présente à la porte de la boutique, en demandant la charité. Ce monsieur, qui attendait que le maître de la maison lui dît le prix du rubis, tire sa bourse et donne quelques pièces de monnaie au pauvre, qui, content de son aubaine, s'en va chercher fortune ailleurs. Enfin, le marchand et le marchandeur convinrent du prix; mais ce dernier dit: Je vais demander à mon épouse si elle consent à y mettre cette somme. Pendant cet instant, le maître s'aperçoit qu'il lui manque un diamant d'une grande valeur; on cherche, on fouille, on finit par accuser ce monsieur. On va chercher le commissaire; on déshabille mon homme; on ne lui trouve pas le rubis. L'étranger se fache; il veut à son tour faire traduire le marchand en justice. On l'appaise, et tout s'arrange à l'amiable. On devine facilement celui qui a eu le diamant, et comment.

En janvier 1778, un homme qui tenait le premier rang dans son état, arriva à Paris, où ses affaires devaient le retenir pendant quelque temps. Le lendemain de son arrivée, un inconnu s'étant fait introduire dans son appartement : j'ai appris, lui dit-il, que votre grandeur doit passer une partie de l'hiver dans ce pays-ci, et je viens lui demander la préférence pour la fourniture de son bois ; j'en ai d'excellent dans mon chantier, et tous les jours on m'en fait compliment ; c'est moi qui fournis monsieur le duc de... monsieur le comte de... le palais de... — Eh bien faites m'en amener vingt-cinq voies. Le marchand tire sa révérence, et dès le lendemain les vingt-cinq voies furent arrangées dans sa cave. Jamais on n'a brûlé de meilleur bois. Le marchand reparut au bout de trois ou quatre jours. Je viens, dit-il, demander à Monseigneur s'il est content de son bois?—Parfait, excellent ! en avez-vous le mémoire ? — Monseigneur..... oh ! ... je ne viens pas... pour... cela. — N'importe, donnez : je paie mes fournisseurs comptant, et le marchand toucha le prix de son bois. Un mois après parut un autre homme : je viens, dit-il, m'informer si Monseigneur est content des vingt-cinq voies de bois que je lui ai fournies. — Je l'ai déjà dit, le bois est très-bon. — C'est que je suis à la veille d'un gros paiement, et si Monseigneur voulait, je lui remettrais son mémoire quittancé. — Comment! mon mémoire? Je ne le paierai sûrement pas deux fois ; et tout en parlant, il montra le premier mémoire qu'il avait acquitté, et le véritable marchand s'en retourna dupe du tour que lui avait joué le filou, qui s'était présenté à son chantier comme valet de chambre de la nouvelle pratique.

Pour preuve de la crédulité humaine, on voit tous les jours des exemples singuliers de supercheries, pratiqués avec succès par des personnes qui prétendent prédire l'avenir, et qui se font, par leur audace et leur jargon, une si grande réputation que bien des gens crédules s'empressent de les consulter : des filles, pour savoir quand elles seront mariées; des femmes dont les maris sont en voyage ou à l'armée, pour avoir des nouvelles de leur état et situation; les uns pour apprendre s'ils seront heureux dans leur mariage, voyage ou négoce; d'autres pour avoir de bons numéros de loterie.

Un homme ayant la plus grande foi à ces devins, eut recours à un, pour avoir, disait-il, des numéros heureux, et lui fit à cet effet présent de douze francs. Le devin, prenant alors une figure tout-à-fait imposante, prit un jeu de cartes, et après les avoir mêlées, remêlées, fait et refait plusieurs paquets, à des reprises différentes, avoir marmotté entre ses dents, et feint de voir des signes heureux, lui donna trois numéros. L'homme satisfait, court aussitôt chez en buraliste, fait une mise des trois numéros, et le billet de loterie, par le plus grand hasard, lui produisit environ cent louis. Ce bonheur inespéré augmenta la confiance en ce prophète, à qui il fit présent de dix louis, en le priant de lui donner de nouveau d'autres numéros, mais en chances différentes, pour dix billets, ce que fit le grand homme. Croyant avoir sa fortune assurée, il se rend tout joyeux chez le buraliste, fait faire dix billets, qu'il surcharge le plus qu'il peut; mais, à son grand mécontentement, la chance ne lui fut pas favorable, il perdit. Il se mit alors à maudire le devin et sa mauvaise étoile, et s'aperçut alors que ce docteur, chez lequel on courait, n'était qu'un imposteur.

Deux escrocs s'étaient associés, et voici la manière dont ils s'y prenaient pour faire leur dupe : une personne leur paraissait-elle peu au fait des usages de la capitale, un des deux associés marchait devant elle, tandis que l'autre la suivait par derrière, cependant, à quelque distance, jusqu'à ce qu'ils fussent arrivés à un endroit propice à leur dessein. Alors, le fripon qui était en tête, laissait tomber adroitement et sans bruit, soit une pièce d'or fausse, soit un bijou de peu de valeur à terre, et ramassant l'objet aussitôt : « Ma foi, disait-il,

» en se retournant vers l'étranger, voici » un objet que je trouve à cet endroit, » qui me paraît d'une grande valeur; » jugez-en vous-même, en le lui mon- » trant. » L'associé, qui était en arrière, s'avançait promptement et reclamait la moitié de ce que l'autre venait de ramasser. « Si quelqu'un a droit au » partage, disait le premier fourbe, » c'est assurément cette personne, qui, » avant vous, m'a vu ramasser cette » pièce; mais pour prévenir toute dis- » pute, allons tous les trois chez un » marchand, la faire estimer, et si » Monsieur veut en faire l'acquisition, » car si j'avais de l'argent, je ne balan- » cerais pas à en devenir possesseur, alors » nous la lui donnerons un peu au-des- » sous de la valeur, et nous partagerons

» la somme par tiers. » L'étranger, ébloui par l'appas du gain qu'on lui offrait, se laissait conduire chez un prétendu marchand de la connaissance des fripons, qui avait l'air de bien examiner l'objet qu'on lui présentait, et l'estimait, disait-il, au prix qu'il le prendrait. On n'était pas plus tôt sorti de chez le marchand supposé, que les deux fourbes convenaient ensemble de faire encore une petite remise à l'étranger, qui alors donnait les deux tiers de la somme convenue et poursuivait sa route, bien satisfait de son acquisition; mais sa joie n'était pas de longue durée, car il n'était pas plus tôt rentré chez lui, que, racontant ce qui lui était arrivé, on ne lui dissimulait pas qu'il était la dupe de ces intrigans.

Cette friponnerie se renouvelle de

temps à autre, et l'on voit des gens assez crédules pour donner dans le piége de ces filous.

Un jeune homme des environs de Montreuil, après avoir été voleur pendant plusieurs années, et ayant échappé à la vigilance des archers, fatigué d'une vie si périlleuse, prit la résolution de devenir honnête homme, et se retira, à cet effet, chez un riche fermier, qui le reçut pour domestique. Il n'y fut pas long-temps sans s'attirer l'estime de son maître, dont il reçut des récompenses proportionnées à ses bons offices. Un jour étant seul avec lui, il lui conta les différens vols qu'il avait faits. Son maître n'en voulant rien croire, il lui dit qu'il espérait lui donner sous peu des preuves de son habileté, dans l'art de la filouterie; ce qu'il effectua quelques jours après. Un garçon boucher étant venu chez ce fermier pour y acheter un mouton qu'il chargea sur ses épaules, après lui avoir attaché les pieds; ce domestique dit à son maître que s'il voulait lui permettre, il irait enlever ce mouton à ce garçon sans qu'il s'en aperçût. Le maître, croyant la chose impossible, lui en donna permission. Aussitôt ce jeune homme court chercher une paire de souliers, et devance le garçon boucher ; arrivé sur le grand chemin il y jette un de ces souliers, et va placer l'autre à trois cents pas delà. Le boucher arrive au premier endroit, voit ce soulier et regarde autour de lui pour trouver l'autre; ne le voyant pas, il le laisse, mais il est bien surpris de le trouver plus loin. Fâché de n'avoir pas ramassé le premier, il se détermine à retourner sur ses pas; mais comment le faire, chargé d'un poids sous lequel il succombe? Rien de si simple que de s'en débarrasser, et d'aller chercher l'autre soulier : sur ces entrefaites le jeune homme qui était aux aguets, enlève le mouton et le rapporte chez son maître, sans lui confier la manière dont il s'y était pris. Le garçon boucher, de retour à l'endroit où il avait laissé son mouton, lamente la perte qu'il vient de faire, et prévoyant que son maître le chasserait s'il ne lui en apportait pas un autre, retourne chez le fermier, à qui il fait part de son malheur, le priant de lui vendre un mouton qu'il lui payera sur ses gages. Le fermier ne se fait pas prier et lui vend le même mouton. A peine ce garçon est-il sorti que le filou dit à son maître qu'il gagerait le lui enlever encore. Le fermier trouvant la chose plus difficile, lui promet une récompense s'il venait à bout de son dessein (sans avoir cependant envie d'en profiter). Le jeune homme assuré de son fait, court se cacher dans le bois de Wailly, où il attendait son homme au passage : quand il le voit près de lui, il se met à crier, bay... bay... bay... et réussit si bien à imiter le cri du mouton, que le boucher, imaginant que le premier mouton s'était sauvé dans le bois, ne réfléchissant pas qu'il avait les quatre pieds liés, n'a rien de plus pressé que de courir après; mais ne pouvant entrer dans le bois avec son mouton sur ses épaules, il le met avec la plus grande confiance dans le fossé, et vole à l'endroit d'où partait les cris du mouton :

le jeune filou, le voyant enfoncé dans le bois, en sort, et se saisit du mouton pour la seconde fois. Le boucher, las de chercher, revient à l'endroit où il avait laissé son mouton, et ne le trouvant plus, il s'aperçoit alors qu'il a été dupe de son imprudence, et retourne chez son maître à qui il conte sa double aventure.

Ce fait est arrivé le 22 janvier 1746, à Wailly, dans le Boulonnais.

UNE jeune et jolie personne de province avait pris une des voitures publiques pour se rendre à Paris, et tâcher de s'y placer avantageusement. Elle n'avait aucune connaissance dans cette capitale; mais comme on lui avait assuré qu'elle trouverait facilement, et en peu de temps, une condition avantageuse, elle s'était donc décidé à faire ce voyage.

Le jour de son arrivée dans la ville, à peine était-elle descendue de la voiture, qu'elle fut aussitôt accostée par une intrigante qui, ayant remarqué qu'elle était seule de sa compagnie, et qu'elle paraissait n'avoir aucune idée des usages de la capitale, feignit l'avoir vue à la campagne. A ce discours, la jeune personne exprima sa surprise; mais l'intrigante lui affirma si bien la connaître, qu'elle le crut. « Que je suis aise, dit cette » femme, de m'être trouvée à l'arrivée » de la voiture; c'est ma bonne étoile qui » m'a conduite ici. Maintenant que j'ai » le bonheur de vous revoir, j'espère que » nous nous trouverons souvent en- » semble. Quel motif vous amène dans

» la capitale ? — Je viens y chercher de » l'emploi. — Je puis en cela vous être » très-utile, car j'ai de belles connaissan- » ces. Avez-vous quelques recommanda- » tions auprès de certaines personnes ? — » Aucune, Madame. » Pendant ce dialogue, on avait remis à la jeune personne la valise et une caisse remplies d'effets : elle les avait mises sur le dos d'un crocheteur, et se disposait à prendre congé de l'intrigante, lorsque celle-ci lui dit : « Où » allez-vous demeurer ? — Je ne sais, car » je ne connais aucun endroit, vu que » c'est la première fois que je viens dans » cette ville. — Eh bien ! ma chère, lui » dit l'intrigante, acceptez chez moi un » logement jusqu'à ce que vous en soyez » pourvue d'un convenable à votre gré. » Je vous l'offre de tout cœur, et je

» me plais à croire que vous ne me refu-
» serez pas. » La jeune personne hésita d'accepter ses offres, mais pressée par les vives instances de l'intrigante, qu'elle regardait comme des preuves convaincantes de la sincérité de ses sentimens, consentit à la suivre, et partit sous l'auspice de sa conductrice, qu'elle regardait, dans l'embarras où elle se trouvait, comme un ange tutélaire.

Arrivée chez l'intrigante, elle en reçut l'accueil le plus flatteur. Il fut question dans la conversation d'employer la matinée du lendemain à chercher un logement pour la jeune personne. Effectivement, après avoir déjeuné, on partit pour se procurer une petite chambre; mais celles que l'on voyait ne convenaient pas, suivant l'idée de l'intrigante;

les unes étaient trop chères, les autres trop incommodes. On fit donc beaucoup de visites, sans avoir encore pris aucune décision. La jeune personne ne perdait point de vue sa conductrice dans les courses qu'elles faisaient, et c'est ce qui gênait beaucoup l'intrigante. Elle profita cependant d'une dispute pour s'échapper. La jeune personne, qui n'était pas accoutumée à voir tant de monde, que la curiosité attirait, perdit bientôt de vue sa conductrice, qui avait saisi ce moment favorable pour se débarrasser de la nouvelle débarquée. La jeune personne, comme il est facile de concevoir, ne voyant plus près d'elle sa protectrice, car elle la regardait comme telle, la chercha dans la foule, attendit même que la dispute fût entièrement terminée, dans l'espoir de la revoir après que le monde se serait éclipsé; mais à sa grande surprise, son attente fut vaine. Que l'on se peigne son embarras; elle ne savait ni le nom, ni la demeure de l'intrigante; ses effets, enfin tout ce qu'elle avait, même le peu d'argent qu'elle possédait était chez elle. Que de tristes réflexions pour une jeune personne qui n'a ni gîte, ni connaissance! Elle se désola, elle trouva des personnes qui, après être informées de ce qui lui était arrivé, et voyant qu'elle était victime d'une intrigante, prirent pitié de son sort. On la conduisit chez un commissaire, où elle fit sa déposition. La justice, qui toujours veille et est active dans ses recherches, découvrit l'intrigante au moment même qu'elle avait fait venir une marchande, pour lui vendre les effets de la jeune personne.

~~~~~~~~~

Une nymphe de Cythère, dont les finances s'étaient épuisées en faisant une longue route, s'étant mise en tête de passer gaiement les fêtes de Noël, se rendit, le 26 décembre, chez un honnête fermier de Dumford (village en Angleterre) et lui dit qu'elle s'était échappée de la maison de son père, homme très-riche, et qu'elle allait à Salisbury, où elle devait épouser un jeune gentilhomme de ses voisins, qui devait s'échapper lui-même quelques jours après et la suivre; mais que comme la nuit approchait, et qu'elle avait des effets très-précieux sur elle, elle n'osait aller plus loin. Elle le pria ensuite de lui
~~~~~~~~~

donner une retraite dans sa ferme, jusqu'au lendemain au matin. Sa requête fut favorablement accueillie ; on lui servit un bon souper, on la fit coucher dans la plus belle chambre de la maison, elle passa le reste de la semaine dans le sein de la famille du bon fermier, et fut menée dans tout le voisinage, pour participer aux festins villageois que se donnèrent ces bonnes gens pendant les fêtes. Quand le dimanche fut venu, elle pria le fermier de lui prêter la clef de son coffre, pour y déposer son trésor, qui consistait en un paquet assez lourd, entouré de papier et cacheté, qu'elle plaça bien soigneusement dans un coin, emprunta du linge, et les plus beaux habits de son hôtesse, et partit pour Salisbury, accompagnée de l'honnête fermier. Arrivés à l'auberge, où devait être le prétendu rendez-vous, on n'y trouva point d'amant; mais la belle voyageuse ne se déconcerta pas; elle fit faire des recherches avec la plus grande inquiétude, en apparence, pour trouver cet amant chéri, et engagea le fermier à partir pour aller le chercher. Le bon-homme monta à cheval, remit à cette aventurière tout l'argent dont il n'avait pas besoin pour sa route, vu qu'elle avait laissé son trésor chez lui, et partit pour Amesbury. La prétendue fiancée, se voyant débarrassée de sa dupe, se rendit à une autre auberge, y prit une chaise de poste pour Shafesbury, où elle disparut. Il n'est pas inutile d'ajouter que le fermier ne trouva point le futur époux à Amesbury, et que le trésor déposé dans le coffre du fermier, n'était autre chose qu'un paquet de chiffons et de papiers qui enveloppaient plusieurs morceaux de plomb pesant au-delà de cinq livres.

En 1796, le sieur de....., négociant très-considéré dans Courtray, mit en pension à l'ermitage de Sainte-Anne, son fils âgé de quatre ans. P. J. de Haesse, qui était employé dans les dernières fonctions d'une association pieuse, dite l'ermitage de Sainte-Anne-lès-Courtray, sous prétexte de donner aux parens des nouvelles de leur fils, s'introduisit chez le sieur de..... Il y fut invité à dîner une seule fois; mais il y continuait assez fréquemment ses visites, lorsque le sieur de....., ayant reconnu que, sous l'habit d'ermite, de Haesse menait une mauvaise conduite, et avait des mœurs dépravées, lui ferma sa maison, et témoigna assez publiquement le peu de cas qu'il en faisait.

Le 6 fructidor an 4, ayant obtenu de ses supérieurs la permission de s'absenter pour aller faire une confession générale, il vient à Courtray, visite plusieurs parens des élèves de l'ermitage, et, sous prétexte de faire des commissions pour la maison, il escroque plusieurs sommes dont il demandait l'avance sur le prix de la pension. Il se rend ensuite à Menin, se présente au couvent de Saint-Georges, où était placée comme pensionnaire la fille du sieur de....., qu'il leur dit être chargé de conduire chez ses parens.

A peine a-t-il ce dépôt entre les mains, qu'il part en poste pour Lille. La jeune personne s'aperçoit qu'on ne la conduit point à Courtray, et demande le motif de ce changement de route. Elle obtient pour réponse que la vie de ses parens dépend de sa docilité à de Haesse partout où il la conduira, et cette réponse est accompagnée des plus horribles menaces. La jeune personne est frappée de terreur, et se laisse enfermer dans une chambre de l'auberge où elle était descendue. De Haesse cependant sort, visite les parens de plusieurs élèves de l'ermitage, et en extorque habilement plusieurs sommes, comme il avait fait à Courtray. Son absence de l'auberge dure assez long-temps, et la demoiselle de....., revenue de sa stupeur et effrayée par le bruit des voitures qui passaient sous la porte cochère de l'auberge, se met à pleurer;

ses sanglots deviennent si forts, qu'ils excitent la pitié d'un étranger qui enfonce la porte et retire de la chambre cette jeune fille toute tremblante, et qui ne se rassure que lorsqu'elle se trouve au milieu de la famille de l'aubergiste. Elle demanda où elle était, et en apprenant qu'elle se trouvait à Lille, elle se rappela qu'un ami particulier de son père y demeurait, et pria qu'on l'envoyât chercher. Par une fatalité inconcevable, le commissionnaire s'acquitta si mal de son message, que la personne demandée ne vint pas. A dix heures du soir, de Haesse rentre, reprend son ascendant sur sa victime, paraît la consoler, l'emmène, soupe avec elle et couche dans la même chambre. Le lendemain, ils partent pour Paris.

De Haesse s'y associe un jeune homme de Gand, et ils prennent la résolution de se rendre en Italie. Ils vendent les habits de la jeune de....., la couvrent de haillons, et lui font faire la route pieds nus et en mendiant; enfin, ils arrivent à Florence. Là, la demoiselle de..... parvient à toucher le cœur de l'associé de Haesse, et obtient de lui qu'il la reconduira chez ses parens. Leur intelligence n'échappe point à de Haesse, et aussitôt il s'occupe à faire disparaître un témoin incommode qui veut le perdre. Il avait lui-même remis à ce jeune homme, comme moyen de sûreté, un passe-port régulier au nom de de Haesse, et il savait qu'il était poursuivi comme escroc et comme ravisseur de la fille de M. de..... Il se rend à la police de Florence, dénonce son compagnon comme ce de Haesse que le Directoire Exécutif faisait chercher par tous ses agens. Le jeune homme est arrêté, et comme il ne se doutait point du tour perfide de son compagnon, il répond d'abord qu'il se nomme de Haesse, ainsi que le porte le passe-port qui a été trouvé sur lui. Il est conduit devant le résident de France, qui le fait mettre en prison, et annonce officiellement que de Haesse est arrêté.

Se croyant ainsi désormais à l'abri de toutes recherches, de Haesse se rend à Rome, et il ose y épouser, le 23 octobre 1796, l'infortunée qu'il traitait depuis si long-temps avec tant de barbarie. Le 28 du même mois, l'ambassadeur français Cacault, auquel des renseignemens avaient été adressés pour découvrir de Haesse, le fait arrêter, place la jeune de..... dans un couvent, et la renvoie ensuite à ses parens. Pendant quinze mois, de Haesse attendait dans les prisons de Rome la punition de son crime, lorsqu'il trouva moyen de s'échapper à la faveur des événemens politiques. Il parcourut l'Italie, et tout à coup devint très-riche, après avoir accompagné à Naples, à Palerme, à Civita-Vecchia, à Gênes, un négociant qu'il abandonna dans cette dernière ville. Il continua ses voyages en Italie, dans le Tyrol et la Souabe pendant dix-huit mois, et rentra en Belgique en 1799.

Au mois de novembre de la même année, il épousa devant le curé de Saint-Jacques, à Gand, une femme qu'il abandonna bientôt enceinte de quatre mois. Sa fortune était dissipée ; il se retira à Anvers, y servit un distillateur de genièvre, de chez lequel il sortit pour éviter des poursuites en escroqueries. Ayant fait un voyage à Londres, il en revint en 1802 avec un négociant qu'il abandonna encore.

Ce fut alors qu'il connut sa troisième épouse, la seule dont le mariage soit revêtu des formalités légales. Il l'épousa au commencement de 1803, et vint avec elle habiter à Bruges : il y avait établi une genièvrerie, était propriétaire de deux maisons, et vivait avec une telle régularité que la police ne se doutait point que ce fût ce même de Haesse qui, en l'an 6, avait été condamné. Il fut reconnu, arrêté et condamné, le 25 septembre 1809, par la Cour de Justice

Criminelle de Bruges, à douze ans de fers.

~~~~~~~~~~

Le 16 Janvier 1778, un homme vêtu d'un uniforme bleu galonné en argent, et recouvert d'une pelisse, se présente à un hôtel garni, dans la rue Dauphine, à Paris. Après s'être fait donner un appartement, il demanda un homme de confiance pour aller chercher ses malles au bureau de la diligence; on lui représente qu'il était trop tard, que le bureau serait fermé; et il remit la commission au lendemain. On lui procura un carrosse de remise qu'il avait demandé et il se fit conduire rue du Ponceau, dans une maison suspecte, d'où il sortit peu après avec une femme qu'il mena
~~~~~~~~~~

chez un horloger rue de la Monnaie, sous le prétexte de lui faire présent d'une double boîte de jargon pour sa montre : la femme, trop confiante, laisse sa montre pour y ajouter la double boîte; et se rendit avec l'adroit filou à l'hôtel où il devait loger. Celui-ci commande un souper délicat, et tandis qu'on l'apprête, il fait venir un bijoutier du voisinage. Il paraît vouloir changer les bracelets et les boucles de la dame, pour des bijoux plus précieux, et à cet effet il les détache lui-même. Le choix étant décidé, il ouvre la fenêtre et demande qu'on lui apporte la monnaie de quatre doubles louis pour satisfaire le bijoutier. On tarde à venir; il a l'air de s'impatienter : il descend après avoir enlevé adroitement l'argenterie qui était sur la table. Le bijoutier et la femme restés tête-à-tête, attendent son retour pendant une heure et demie. Au bout de ce temps ils descendent eux-mêmes; mais le filou avait pris la fuite : il était passé chez l'horloger pour reprendre la montre qui y était restée. Ainsi la courtisane en a été pour sa montre, ses boucles et ses bracelets d'or; le bijoutier pour plusieurs paires de boucles; le traiteur pour son souper et son argenterie; et le propriétaire du carrosse pour le loyer de sa voiture.

Pierre-Louis Rollin-Garnier fils, employé à la sous-Préfecture de Saint-Pol, avait souvent entretenu le sieur Ansart, receveur de la loterie à Saint-Pol, de l'existence d'une riche compagnie de capitalistes, qui faisaient de fortes mises à chaque tirage, et dont il connaissait particulièrement, disait-il, le secrétaire, nommé Spescha. Ansart, dont le bureau, placé dans une petite ville, ne lui rapportait que des bénéfices fort médiocres, pria Garnier de le recommander vivement à Spescha, et d'engager celui-ci à porter les mises de sa compagnie au bureau de Saint-Pol. Vers la fin de décembre 1808, Garnier écrivit à Ansart, qu'il avait déterminé le sieur Spescha à faire au bureau de Saint-Pol les mises de sa compagnie, mais à condition que ces mises seraient payées au receveur en bons à vue du trésor public, ou en effets souscrits par trois membres de la compagnie, et payables à jour fixe à Saint-Pol. Il demandait, en outre, pour le sieur Spescha, le tiers de la remise que l'administration de la loterie alloue aux receveurs sur tous les fonds versés dans leurs bureaux.

Peu de jours après, Garnier vient apporter à Ansart une lettre datée de Lille, le 2 Janvier 1809, et supposée écrite par Spescha. Dans cette lettre, Spescha chargeait Garnier de faire au bureau de Saint-Pol, pour le compte de la compagnie, une mise de 360,000, sur le tirage de Bruxelles du 7 Janvier. Il s'excusait de ne point envoyer d'effets souscrits par trois membres de sa compagnie, sous prétexte qu'il n'avait pu les réunir en ce moment; mais il promettait d'envoyer au receveur des bons du trésor public, aussitôt qu'on aurait connaissance du résultat de la mise, soit qu'elle réussît, soit qu'elle ne réussît pas. Enfin, dans un *postscriptum*, il déclarait que sa lettre servirait au receveur de reconnaissance formelle, tant que la mise ne serait pas acquittée. Le receveur, muni de cette lettre, et plein de confiance, à ce qu'il dit, dans la loyauté de Garnier qui, par la nature de ses fonctions et par la considération que mérite sa famille, lui paraissait à l'abri de tout soupçon, consentit à donner des billets de loterie pour la somme de 360,000 francs. La mise consistait en douze extraits de 30,000 francs chacun : il enregistra cette mise, et envoya ses registres, la 4 Janvier, à son inspecteur à Amiens. Le même jour, il partit pour Lille, afin de rapporter lui-même, en bons du trésor public, le montant de la mise qu'on lui avait fait faire. Il était porteur d'une lettre de Garnier pour Spescha et d'un billet du même Garnier, ainsi conçu : « Je remets à M. Ansart une » lettre pour M. Spescha. Je n'ai point » écrit sur l'adresse le nom de la rue, » ni le numéro de la maison, parce que » je ne me les rappelle pas en ce mo- » ment, et que je n'ai pas sous la main » la note que j'en ai gardée; mais très- » certainement M. Ansart ne sera pas » embarrassé de trouver dans Lille la » demeure de M. Spescha. » Dans sa lettre à Spescha, Garnier le pressait fortement de payer sans délai les mises au receveur, en bons du trésor public, ainsi qu'on en était convenu.

Arrivé à Lille, le malheureux receveur cherche vainement la demeure de Spescha, personne n'a ouï parler d'un individu de ce nom, ni d'aucune compagnie de capitalistes qui plaçât ses fonds à la loterie. Il est bientôt convaincu que ce secrétaire et cette compagnie sont des êtres imaginaires, et qu'il est dupe d'un odieux stratagême. Le voilà donc à la veille non-seulement de perdre sa place, mais encore de se trouver débiteur d'une somme de trois-cent-soixante-mille francs qu'il n'a pas reçue. Cependant la liste du tirage de Bruxelles arrive à Lille. Il s'y trouve le n°. 30, qui était l'un des douze extraits joués pour le compte de la prétendue compagnie. Cet extrait, à trente-mille francs de mise, produisait quatre-cent-cinquante-mille francs, et par conséquent un bénéfice de quatre-vingt-dix-mille francs sur la mise totale de trois-cent-soixante-mille francs.

Le receveur se hâta de revenir à Saint-Pol ; il y arrive le 8 Janvier, et trouve les scellés apposés sur la porte de sa maison. L'inspecteur d'Amiens, en recevant le 6 les registres du sieur Ansart, avait été surpris d'y voir une mise de trois-cent-soixante-mille francs, tandis que ce bureau n'en produisait que de très-médiocres. Il était arrivé le 7 à huit heures du matin à Saint-Pol, pour constater si les fonds de la mise avaient été réellement versés dans la caisse du receveur. Mais attendu l'absence du celui-ci, l'inspecteur avait sur-le-champ requis l'apposition des scellés.

A son arrivée de Lille, Ansart se rendit au logement de l'inspecteur, y trouva le juge-de-paix, qui l'interrogea sur la réalité de la mise de trois-cent-soixante-mille francs. Il convint que le versement des fonds n'avait pas été fait ; mais il dit que le tirage ayant procuré à la fois et la rentrée de la mise, et un bénéfice de quatre-vingt-dix-mille francs, il lui paraissait juste d'établir une compensation. L'inspecteur rejeta cette proposition, enjoignit au receveur de faire restituer les billets qu'il avait indûment délivrés pour une mise fictive. Ces billets furent en effet reportés, le 13 janvier, par Garnier, à l'administration de Paris, qui les annula et destitua le receveur.

La Cour de Justice Criminelle et Spéciale de Saint-Omer instruisit une procédure contre Garnier et Ansart, comme prévenus d'avoir, de complicité, à l'aide d'un faux en écriture privée, tenté de soustraire au trésor public, des sommes considérables. Elle se déclara compétente pour connaître ce délit. L'arrêt de compétence fut cassé par la Cour Suprême, et les prévenus furent renvoyés devant la Cour Criminelle et Spéciale de Douai.

Cette Cour a jugé qu'Ansart ne pouvait être considéré comme complice de Garnier; que tout prouvait la bonne foi du premier; qu'il n'avait été que dupe dans cette affaire; que la lettre signée Spescha avait été écrite et signée par Garnier seul; qu'il en avait fait usage pour abuser de la confiance du receveur, et pour le porter à lui délivrer des billets de loterie sans mise actuelle de fonds. Ansart a été mis en liberté. Le délit de Garnier paraissant atténué par diverses circonstances; la Cour l'a condamné à un an de prison et aux frais de procédure.

Un particulier avait à son service depuis plusieurs années un domestique, dont il était assez content. Ce domestique le prévint qu'il allait le quitter pour s'établir : il le quitta effectivement quelques jours après, et demanda un certificat de service, que son maître lui délivra. En visitant son portefeuille, peu de temps après, ce particulier trouva qu'il lui manquait pour 20,000 livres d'effets royaux et au porteur; il eut des soupçons d'autant mieux fondés sur son ancien domestique, que s'étant établi dans cet intervalle, il avait acheté beaucoup d'effets et de marchandises. Ledit particulier le dénonça en conséquence à la Justice, qui fit une descente chez lui, et après les formalités usitées en pareil cas, l'interrogea: « Qui lui avait fourni de l'argent pour acheter les marchandises qui se trouvaient chez lui? » Il répondit que son ancien maître lui avait prêté 20,000 livres payables dans dix ans, en récompense de ses longs et loyaux services; qu'il lui en avait fait sa reconnaissance, laquelle devait se trouver dans ses papiers. En conséquence de cette réponse inattendue, on visita les papiers de son maître, et la reconnaissance fut effectivement trouvée dans le secrétaire : ce qui empêcha le maître de faire des poursuites contre ce filou domestique.

Un filou ayant emprunté chez des particuliers un cheval pour faire sa route, offrit à un curé qu'il rencontra, de le troquer contre le bidet qu'il montait, simplement avec six louis de retour. Le marché était d'or : le bon pasteur ne voulait pas le croire. Le filou le persuada en lui disant qu'il était mauvais écuyer, et que le cheval était trop ardent pour lui ; il lui demanda un simple plaisir en sus du marché, celui de vouloir bien remettre une lettre à un de ses voisins : celui-ci promit de la porter à son adresse. Il se rendit en effet directement au lieu indiqué. Quelle fut sa surprise, lorsque étant descendu de son palefroi, il vit qu'on caressa son cheval, qu'on le mena à l'écurie, et que le maître lui fit beaucoup de remercîmens de la peine qu'il avait prise de le lui ramener !

Une jeune et jolie servante de Berlin, s'apercevant que son maître la regardait avec plaisir, se mit en tête de se faire épouser, et pour arriver plus promptement à ce but, elle alla consulter une célèbre tireuse de cartes. La sorcière la reçoit d'un air grave, la considère, lui dit qu'elle juge à ses traits qu'il lui arrivera quelque chose d'heureux. Elle prend ensuite un jeu de cartes, en fait, suivant la coutume ordinaire, des tas différens auxquels elle donne des interprétations avantageuses. Après avoir fait plusieurs fois ce manége, elle dit à la servante que son maître la voit en effet d'assez bon œil, mais qu'il faudrait employer le secret de son art pour opérer le mariage, si toutefois la jeune fille voulait faire quelques sacrifices. La pauvre innocente, aprés s'être bien assurée de la devineresse si elle ne se compromettait pas dans ce qu'elle allait lui prescrire de faire, et d'aprés l'assurance de la devineresse, en qui elle avait la plus grande confiance, se résigne à tout, et elle paie de tout l'argent qu'elle possède, douze paquets d'une poudre sympathique qu'elle doit faire prendre secrètement à son maître. Celui-ci, dès le lendemain, trouve un goût étrange à son café : il questionne la jeune servante, elle se trouble et ses réponses augmentent ses soupçons. Pressée très-vivement, la jeune fille avoue ce qu'elle a fait, et dans quelle intention. La poudre fut aussitôt soumise à une analyse chimique, et n'offrit heureusement aucun ingrédient dangereux. La police envoya arrêter la sorcière, qui fut condamnée à six mois d'emprisonnement, après avoir été exposée au pilori, avec un écriteau qui énonce son métier et son imposture.

~~~~~~~~

Un intrigant, qui n'avait d'autre mérite que l'audace, était regardé comme un docteur unique dans l'art de la médecine. Il paraissait aux yeux des crédules comme un homme inspiré du ciel, qui ne s'informait point, comme c'est la règle de tous les médecins, de ce que vous éprouviez, il vous disait, dès que vous vous présentiez devant lui, les douleurs et souffrances que vous ressentiez. Cet homme qui passait pour un prodige de science, ne se trouvait jamais en défaut relativement à la consultation du
~~~~~~~~

patient. Voici le moyen qu'il employait pour en imposer aux personnes qui se rendaient chez lui.

Il avait fait artistement placer, dans une armoire qui était dans son cabinet de consultation, plusieurs sonnettes dont le son différent annonçait au grave docteur le motif de la visite. Il avait un domestique affidé qui lui servait de compère, et qui contrefaisait le nigaud.

Dès qu'un patient arrivait chez l'Esculape, le domestique le faisait entrer dans une salle destinée à recevoir les malades, car on ne pouvait être admis que seul dans le cabinet du vénérable. Le domestique commençait par dire que Monsieur était en compagnie; ensuite avec son air bénin, il s'enquérait adroitement de vos souffrances; tout en vous plaignant, il s'informait jusqu'aux plus petites particularités de votre état. Quand il se voyait suffisamment instruit, il sortait comme pour aller voir si Monsieur était seul; il passait dans un petit cabinet à côté, ouvrait une armoire, dans laquelle étaient les cordons des sonnettes qui correspondaient au cabinet du docteur; il tirait celui au bas duquel était écrit le genre de souffrances ou de maladie que l'on venait de lui confesser; de manière que, par cette supercherie, le docteur était instruit du sujet qui amenait la personne qui allait paraître devant lui.

Le domestique, après avoir prévenu de cette sorte son maître, refermait l'armoire, rentrait dans la salle, et deux minutes après introduisait le patient dans le sanctuaire médicinal.

Le patient se trouvant alors en présence du docteur, commençait par faire son présent, ce dont il était instruit par le domestique. Le savant, après avoir reçu le don du malade, l'examinait d'un air grave, lui faisait tirer la langue, lui tâtait le poulx et ensuite lui disait ce que la sonnette lui avait appris, ce qui étonnait d'autant plus le patient que le médecin ne lui avait fait aucune question sur son état. Après ce premier préambule, le vénérable docteur gardait quelques instans le silence, comme une personne qui réfléchit; ensuite, pour paraître avoir médité sur la nature du mal, il faisait quelques questions de circonstances, et après avoir réfléchi de nouveau, il rassurait le patient, pourvu qu'on observât bien la recette qu'il allait prescrire; ensuite il se levait gravement, ouvrait une grande armoire, remplie de différentes bouteilles, avec des étiquettes, en tirait une, qu'il remettait au malade, en lui enjoignant de venir le revoir, si la potion qu'il lui donnait ne lui apportait pas le soulagement qu'il croyait lui procurer; après cette cérémonie, il le reconduisait d'un air emphatique jusqu'à la porte du cabinet. La même cérémonie s'effectuait pour toutes les personnes qui se présentaient chez le docteur. Sa maison ne désemplissait pas, et il jouissait d'une grande réputation, lorsqu'un boucher, homme facétieux, voulut éprouver si ce docteur, tant vanté, était aussi instruit qu'on le disait : il se présente donc chez le révérend; il avait eu le soin de se bien blanchir le teint afin de paraître très-pâle ; le domestique, suivant sa coutume, l'interroge ; il lui dit une maladie à laquelle l'ignorant ne connaissait rien ; il avait beau redoubler ses questions, il n'était pas plus instruit ; il ne savait quel cordon de la sonnette il devait tirer. Le boucher, impatienté, demande à voir le docteur : Mes souffrances, dit-il, ont besoin d'un prompt secours. Le domestique retardait, autant qu'il était possible, de l'introduire, dans l'espérance d'être mieux informé ; mais, persécuté par les instances du faux malade, il court à l'armoire, et tire le cordon des maladies désespérées, ensuite il l'introduit devant le vénérable, qui, après avoir fait ses cérémonies d'usage, lui dit, d'un ton douloureux : « Je ne vous dissimulerai pas que votre état est très-affligeant ; je ne désespère pas d'y apporter remède, mais la guérison sera longue, c'est à vous de voir si vous avez assez de confiance en moi pour prendre exactement ce que je vous ordonnerai. En disant ces mots ; il se rend à son armoire, en tire une petite bouteille, qu'il lui remet.

Le boucher n'eût pas plus tôt reçu la bouteille, qu'il se mit à éclater de rire ; « J'ai voulu juger par moi-même, dit-il au docteur, si vous étiez un homme aussi savant dans l'art de la médecine, que l'on se plaît à le débiter, je vois maintenant que vous n'êtes qu'un imposteur ; sachez que la maladie que j'ai dit avoir à votre domestique est feinte ; je l'ai suivi, sans qu'il s'en doutât, jusqu'à la porte du petit cabinet ; je me suis bientôt convaincu de votre supercherie, en voyant les cordons de sonnettes et l'indication de leur usage. Adieu, docteur, je vais faire part au public de mes observations sur le genre de vos consultations. »

Le boucher lui tint parole, et notre docteur vit en un clin-d'œil sa maison déserte. La supercherie étant découverte, il prit le parti d'aller dans un autre pays faire des dupes.

Un cavalier descend à la porte d'un orfèvre-bijoutier ; il demande en entrant dans la boutique, et en s'essuyant le front comme une personne qui a très-chaud, si c'est ici la demeure de M. Sexitte. Le marchand à qui il s'adresse lui dit que c'est lui. C'est une lettre, lui réplique le cavalier, que je suis chargé de vous remettre de la part du baronnet Williams. L'orfèvre prend la lettre, la décachète et lit : « Je désire, Monsieur, avoir une » tabatière d'or dans le dernier goût; je » m'en rapporte entièrement à vous pour » le choix. Quant au prix, de soixante à » quatre-vingt guinées environ; mettez le » bordereau dans la boîte, afin que je » vous en fasse remettre le montant aus- » sitôt que je serai de retour de la cam- » pagne. Je compte être à Londres sous » huit jours. Je vous prie de bien enve- » lopper la boîte et de la remettre au « porteur de mon billet : WILLIAMS. »

Le marchand, qui était l'orfèvre du baronnet, et qui ne laissait pas de lui vendre beaucoup de bijoux différens, crut que ce billet, quoiqu'il ne connût pas la signature du baronnet, était effectivement de lui. Il n'hésita donc pas à chercher dans ses boîtes ce qu'il a de mieux; il met, comme il est dit dans la lettre, le bordereau du prix dans la boîte qu'il envoie, l'emballe bien pour qu'elle parvienne en bon état, la remet ensuite au cavalier qui, après lui avoir demandé si c'est tout ce que son maître l'a chargé de lui apporter, monte à cheval et part.

Quinze jours se passent sans que l'orfèvre reçoive des nouvelles du baronnet. Il pense qu'il ne trouvera pas mauvais qu'il se présente chez lui; il prend cette résolution. Il s'informe si le baronnet est de retour de la campagne; on lui répond que oui; il demande à lui parler; on l'introduit. Qui me procure le plaisir de vous voir, lui dit M. Williams ? — Comme j'étais dans votre quartier, je prends la liberté de vous demander si vous êtes satisfait de la boîte d'or que j'ai remise à votre domestique, conformément à votre ordre ? — Je n'ai rien reçu, dit le baronnet, et ne vous ai rien demandé. — Voici cependant un écrit qui m'a été remis de votre part, réplique le marchand, en le lui montrant. Le baronnet, après l'avoir lu, dit à l'orfèvre : Cet écrit n'est pas de moi, et je vais vous en convaincre. En parlant ainsi, il lui montre son écriture et sa signature. L'orfèvre vit alors qu'il était la dupe d'un imposteur adroit qui, pour le tromper, avait choisi le moment où le baronnet était à la campagne, et s'était servi de ce prétexte pour qu'il n'eût pas le moindre soupçon de sa ruse.

Une jeune dame avait pris la diligence pour se rendre à Paris ; c'était la première fois qu'elle venait dans cette capitale. Commela voiture entrait dans la ville, elle eut l'inconséquence de dire qu'on l'avait chargée dé remettre plusieurs lettres, dont il y en avait une qui contenait une lettre de change payable au porteur ; mais qu'elle se trouvait très-embarrassée d'avoir accepté une pareille commission, attendu que, ne connaissant point la capitale, elle ne savait pas trop comment remettre les lettres à leur adresse ; elle observa que ces lettres étaient dans un sac qu'elle tenait à la main. Un des voyageurs lui dit : « Si vous daignez accepter mes » offres, je vous conduirai dans les mai- » sons des persoñnes pour lesquelles vous » avez des lettres. » Cette proposition ne

ſut point rejetée. On deſcend donc de voiture. La dame n'ayant point de logement, l'homme qui lui avait proposé de l'accompagner, lui dit : « Je vais vous con-
» duire, Madame, dans un hôtel garni,
» où vous serez aussi en sûreté que chez
» vous. » Il offre son bras à la dame qui l'accepte, et de l'autre bras, il porte son petit manteau : ils étaient accompagnés du crocheteur qui était chargé des paquets de la voyageuse. Arrivés dans l'hôtel garni, la dame dépose dans l'appartement qu'on lui montre et qu'elle trouve commode, le sac qui contenait les lettres. Son compagnon de voyage met son portemanteau à côté du sac ; ensuite il s'empresse de faire l'officieux. Il aide le crocheteur à se décharger de son fardeau, et tandis que la dame est occupée à lui payer

le prix convenu pour le voyage, l'étranger reprend son manteau avec le sac aux lettres qu'il a soin de bien envelopper, prend congé de la dame, en la priant de l'excuser de la quitter si promptement, et lui promet de revenir le lendemain matin pour l'accompagner chez les personnes où elle a affaire. La voyageuse le reconduit poliment, en lui réitérant ses remercîmens des peines qu'il veut bien prendre pour elle. L'étranger parti, elle s'occupe de défaire les paquets et ne s'aperçoit du manque de son sac aux lettres que deux heures après son arrivée dans l'hôtel. Comme personne n'est entré chez elle, ses soupçons se portent d'abord sur le crocheteur, car elle a peine à croire l'étranger capable d'une pareille action ; elle réfléchit cependant que le crocheteur ne s'est tenu qu'à la porte de la chambre, et qu'il s'en est allé aussitôt son prix reçu; donc il n'a pu prendre le sac qui était à l'autre extrémité de l'appartement. Elle se perd dans ses conjectures, et attend jusqu'au lendemain pour asseoir son jugement. Elle ne doute plus que l'étranger ne soit le coupable, ne le voyant point arriver et l'ayant attendu en vain toute la journée.

L'étranger ne fut pas plus tôt arrivé à son logement, qu'il ouvrit le sac, et y trouva effectivement plusieurs lettres à des adresses différentes. Il en remarque une qui est plus grosse que les autres; il la décachète et voit avec plaisir qu'elle renferme une lettre de change de sept-cent-cinquante francs, payable à vue. Il ne perd point de temps à se rendre chez le négociant sur qui elle était tirée; on lui en compte le montant, et il met l'acquit du nom de la personne à qui elle était adressée.

La voyageuse se trouvait dans le plus grand embarras; elle savait qu'une des lettres contenait une lettre de change de sept-cent-cinquante francs, et elle appréhendait que l'étranger n'allât en toucher le paiement. Elle s'informe à son hôtesse si elle connaît la personne qui l'a accompagnée. Sur sa négation, elle lui compte ce qui lui est arrivé; l'hôtesse lui conseille d'aller au bureau de la voiture qui l'a amenée, pour savoir, d'après le signalement, le nom de la personne; elle s'offre de l'accompagner. Elles partent, elles reviennent n'étant pas plus instruites. Elles vont chez le commissaire de police faire la déclaration; mais comment trouver un homme dont on ne sait ni le nom, ni l'adresse, et dont on n'a qu'un signalement imparfait. La voyageuse se trouvait dans l'impossibilité de pouvoir faire mettre opposition au paiement de la lettre de change, puisqu'elle ignorait le nom de la personne à qui elle était adressée, ainsi que celui du banquier ; elle savait seulement qu'elle avait plusieurs lettres à remettre, mais elle ne connaissait ni les individus pour qui elles étaient, ni leur demeure. Cette leçon lui apprit à être plus réservée, et lui prouva que les intrigans profitent de tous les moyens pour faire des dupes.

Un particulier entre chez un restaurateur du boulevard, choisit sur la carte ce qui lui convient, on le sert. Avant le dernier service, il fait semblant d'apercevoir une personne de sa connaissance, aborde un monsieur, fait plusieurs pas avec lui s'éloigne ensuite. Le garçon ne l'apercevant plus, court inutilement après lui; le particulier avait emporté un couvert d'argent.

Un homme se disant marchand forain, se présente chez un marchand de rouennerie pour faire, dit-il, des acquisitions de fils. On lui en montre de différentes sortes qu'il examine; il en rejette quelques-uns; il en met à part d'autres; après avoir fait son choix, il marchande en observant qu'il paiera comptant. Après quelques petites contestations, on finit par s'accorder sur le prix, attendu que la quantité en est considérable. On convient qu'on lui enverra ce qu'il a choisi dans une heure à l'adresse qu'il donne au Petit-Saint-Martin, rue Saint-Martin, et qu'il en remettra le prix. Après la condition faite, l'homme prend congé du marchand en lui disant qu'il lui écrira s'il a besoin d'autres marchandises de chez lui. A peine est-il de retour à son auberge, qu'une personne vient le demander; il sort avec elle, et recommande au maître de l'auberge que si l'on apporte quelque chose pour lui, de le faire déposer dans sa chambre, et de prier de repasser dans deux heures, parce qu'il sera de retour. Le marchand envoie le ballot que l'aubergiste fait mettre dans la chambre du marchand forain, en disant qu'une personne est venue le demander, qu'ils sont sortis ensemble, mais qu'il sera de retour dans deux heures. Le commis du marchand répond qu'il repassera. Le marchand forain avait épié de loin, avec la personne qui était venue le demander, l'arrivée du ballot. Un quart-d'heure après, ils rentrent tous les deux. L'aubergiste, en remettant à son hôte la clef de sa chambre, lui dit qu'on a apporté, il n'y a qu'un moment, quelque chose pour lui ; un instant plus tôt vous auriez vu la personne, mais elle reviendra. Ah ! mon ami, en s'adressant à la personne qui l'accompagnait, venez voir mon acquisition. Dès qu'ils sont dans la chambre, le marchand forain ouvre le ballot, met dedans son petit portemanteau; le recoud, pour qu'on ne s'aperçoive pas de sa ruse, charge le ballot sur ses épaules et dit à son hôte en lui remettant la clef, je reporte cette marchandise, ce n'est pas celle que j'ai choisie: heureusement que j'y ai regardé. — Vous avez très-bien fait, replique l'hôte; mais vous allez vous fatiguer de porter un si gros ballot: si vous voulez, je vais faire appeler un crocheteur. — Ce n'est pas la peine, je suis accoutumé, par mon état, à en porter quelquefois de plus lourd. Rappelez-vous, mon ami, dit-il à la personne qui l'accompagne, que je pars sous trois jours; en disant ces mots, ils sortent tous les deux, et ont l'air de se quitter. Mais ils se suivaient, et se rejoignent dès qu'ils se voient assez éloignés pour être à portée de n'être plus vus; alors ils prennent une voiture, et sortent de la ville. Le commis du marchand revient à l'heure indiquée; il s'adresse à l'hôte qui lui dit : « La personne est maintenant chez vous avec le ballot que vous avez apporté; elle n'a point paru satisfaite de la fourniture. » Le commis s'en retourne, il croit trouver le marchand forain chez son bourgeois; on ne l'a point vu; on attend; la journée se passe. Le lendemain matin on retourne à l'auberge. Le maître de l'hôtel ne la point vu; il craint qu'il ne lui soit arrivé quelque accident, attendu qu'il a porté lui-même le ballot, et qu'il n'a point voulu prendre de crocheteur. Le marchand de rouennerie, car c'était lui-même qui s'était présenté, s'informe du maître de l'auberge, s'il connaît le marchand forain. C'est la première fois qu'il descend chez moi. — Je crains bien d'être la dupe de cet homme, s'écria le marchand. — Vous ne pouvez l'être, répond l'aubergiste; je vais vous dire son nom et l'endroit de son domicile que j'ai inscrit sur mon livre, d'après son passeport qui m'a paru très en règle, et même visé à la police : il prend son registre, donne le nom et l'adresse du quidam. D'ailleurs, ajoute-t-il, son portemanteau est dans sa chambre, il aura rencontré quelques amis qui l'auront retenu, comme cela arrive d'ordinaire à tous les marchands forains, et il y a lieu de croire que vous le verrez aujourd'hui; dites-moi où vous demeurez, et je vous ferai aussitôt avertir de son retour. Le marchand, après avoir dit son logement, s'en retourna, mais dans la persuasion de ne pas revoir son homme. A peine fut-il parti, qu'il prit envie à l'aubergiste de monter à la chambre du marchand forain; il fut convaincu, en y entrant, que le négociant avait raison de dire qu'il était la dupe de cet homme; et moi, je le suis aussi, s'écria-t-il, en ne voyant plus le portemanteau. Il alla chez le négociant, l'engagea à venir avec lui chez le commissaire faire sa déclaration; on écrivit aussitôt dans l'endroit du domicile porté sur le passe-port; mais l'homme n'y avait jamais demeuré; son nom même était inconnu : le passe-port était faux. Le négociant en fut pour sa marchandise, et l'aubergiste pour ses frais de nourriture et de loyer.

Un certain quidam se présente chez un homme respectable, en lui disant : On m'a informé, Monsieur, que vous aviez un fils unique que vous désireriez exempter de la conscription. Je connais particulièrement une personne qui, dans cette occasion, peut vous être de la plus grande utilité; si vous le jugez à propos, je vous conduirai chez elle. Le père accepte avec joie la proposition. On part; on arrive chez la personne qui, après avoir été informée par son ami du motif de la visite, observe que, dans ce moment, le gouvernement est très-rigoureux sur les exemptions, mais qu'à la recommandation de son ami, il allait se transporter dans les bureaux du ministère, et qu'il ne désespérait pas, vu les relations qu'il avait avec le ministre, de réussir dans l'objet de son souhait. Il demande les noms, prénoms, demeure et signalement du jeune homme. Le père les lui donne par écrit; ensuite il lui dit qu'il aura l'honneur de le voir le lendemain matin pour lui rendre compte de sa démarche. Ils se quittent effectivement; il reçoit le lendemain la visite de la personne qui lui dit qu'il a présenté l'affaire et qu'elle a été accueillie; mais, sous la condition d'un sacrifice. Je le ferai volontiers s'écrie le père; dites-moi, je vous prie, en quoi il consiste. — Il est question de trois-mille francs; savoir: quinze-cents francs comptant, et les autres quinze-cents francs, en vous remettant l'ordre d'exemption. Quant à mes peines, je ne les taxe pas, vous me donnerez ce que vous jugerez à propos.

Le père n'hésite point à accepter la proposition; il va à son secrétaire, en tire quinze-cents francs qu'il remet à la personne, en lui promettant que l'affaire terminée, elle aura lieu d'être satisfaite de sa reconnaissance. On se sépare, l'un satisfait d'avoir fait la connaissance d'une personne qui s'efforce de lui rendre un service dont dépend la tranquillité de ses jours, l'autre ravi d'avoir touché quinze-cents francs. Cependant le quidam, en quittant le père, le prévient qu'il ne le verra que sous trois jours, parce qu'il faut laisser le temps de présenter l'affaire au ministre. A cette époque, il se rend chez le père et lui dit que, sous vingt-quatre heures, l'ordre ministériel d'exemption sera signé. Effectivement il l'apporte revêtu de toutes formalités nécessaires.

A cette vue, le père, en répandant des larmes de joie, donne les quinze-cents francs convenus; puis il prie l'officieux quidam de vouloir bien accepter vingt-cinq louis, dont cinq pour son ami qui lui a procuré sa connaissance. Voilà donc le père qui, muni de ce papier, n'a plus d'inquiétude sur le sort de son fils. Cependant au bout de deux mois, le jeune homme reçoit l'ordre de se présenter à la municipalité pour y prendre celui de son départ; il s'y rend accompagné de son père qui exhibe l'ordre ministériel. On l'examine et on en prend note pour en justifier par-devant le ministre. Quelque temps se passe sans que le père et le fils n'entendent parler de rien. A la fin, ils reçoivent une lettre de se présenter aux bureaux de la guerre, avec invitation d'y apporter l'ordre ministériel d'exemption. Ils s'y rendent; on l'examine, on leur demande qui leur a remis cet ordre; ils nomment la personne et indiquent sa demeure. Que l'on se peigne la surprise et la douleur du père et du fils, quand on leur dit et quand on leur prouve par les registres que cet ordre n'y est point inséré, et qu'il est faux. On envoie sur-le-champ un mandat d'arrêt chez le quidam, mais il s'était bien donné garde de rester dans sa demeure; il savait bien que son escroquerie serait bientôt découverte; et sans attendre que la justice vînt se mêler de cette affaire, il avait cru prudent de prendre les devants. Le père en fut pour ses trois-mille six-cents fr.

Cependant, malgré que l'on voie tous les jours des jugemens contre des escrocs de conscription, il n'en est pas moins vrai qu'il se trouve des gens assez crédules pour se laisser entraîner par leurs paroles persuasives, et qui bientôt se repentent d'avoir été leurs dupes.

Trois filous, voyant un campagnard chargé d'un portemanteau, l'un d'eux le joint, lie conversation avec lui, et l'interroge si adroitement, qu'il parvient à savoir où il va. D'après les renseignemens qu'il a obtenus, il le quitte, va rejoindre ses compagnons à qui il fait part de ce qu'il a appris. Un autre prend le devant pour aller à la maison où le campagnard se rend. Dès qu'il le voit peu éloigné de la demeure indiquée, il se présente à lui, en lui disant : Ah

Monsieur, j'allais au-devant de vous; on est impatient de vous voir : que vous devez être fatigué! En disant ces mots, il le débarrasse de son portemanteau, qu'il remet au troisième associé qui l'avait accompagné : Tiens, camarade, porte cette valise à la maison, et annonce l'arrivée de monsieur. Que l'on se fait de joie, continue-t-il de dire, de vous voir, en arrêtant le campagnard, et en lui tenant plusieurs propos dans le même genre, pour donner le temps à son camarade de s'évader. Lorsqu'il ne l'aperçoit plus, il prétexte un besoin, ct dit au campagnard d'aller toujours, et qu'il sera aussitôt que lui au logis; mais il n'a pas plus tôt fait quelques pas, que le fripon décampe, au grand étonnement du campagnard. Il entre cependant dans la maison où il est attendu; il demande son portemanteau; on lui dit qu'on n'a rien apporté. D'après le compte qu'il rend, on juge facilement qu'il a été la dupe des personnes qui l'ont accosté.

PLUSIEURS filous s'étaient associés ensemble. L'un passait pour un banquier, d'autres étaient soit commis ou garçons de bureau. Un d'entre eux, qui avait un accent étranger, prenait le titre de négociant, et, en cette qualité, logeait dans un hôtel garni. Pour mieux en imposer, voici la manière qu'ils employaient pour mettre à contribution divers négocians. Afin donc de donner un crédit assuré au banquier supposé, qui était la cheville ouvrière de toutes leurs opérations, l'un d'eux, déguisé en garçon de bureau, et qui, pour écarter tous les soupçons qu'on pourrait former sur leur intrigue, ne demeurait ni dans le même endroit, ni dans le même quartier, venait tous les jours et à plusieurs reprises, mais sous des costumes différens, chez le banquier, ayant soin de tenir à la main divers effets, et emportait une sacoche d'argent plus ou moins forte, qu'un autre associé, mais paraissant garçon affidé du bureau, allait reprendre dans l'endroit convenu entre eux, et rapportait comme arrivant de recette à la maison du banquier, de manière que, d'après ce manége, le banquier paraissait faire un commerce considérable, et s'acquit en peu de temps une grande considération.

Le rôle du négociant étranger qui, comme nous avons dit, demeurait dans un hôtel garni, était d'aller faire des acquisitions chez de gros négocians. Il se présentait donc dans les forts magasins, y choisissait les marchandises de meilleure défaite pour l'achat desquelles il proposait des traites de différens marchands étrangers, à trois et quatre usances, mais qui étaient tirées sur le banquier son associé, et acceptées par lui : Tel est, disait-il, la condition de mon paiement; si elle vous convient, je vais vous laisser la traite, pour que vous puissiez envoyer chez le banquier, pour vérifier si c'est sa signature, et prendre en même temps dans le quartier des renseignemens sur son compte. On allait donc chez le banquier qui reconnaissait bien sa signature et en assurait le paiement à son échéance. On était d'autant plus porté à ajouter créance à ce qu'il disait, qu'on voyait sur son bureau, des piles de pièces d'argent et d'or. Les informations que l'on prenait dans le quartier étaient d'autant plus avantageuses, que les voisins, d'après ce qu'ils voyaient journellement, s'accordaient tous à dire que le banquier faisait un commerce immense, et qu'on ne voyait qu'argent sortir et entrer chez lui. Chacun s'en retournait chez soi, dans la ferme persuasion qu'on ne pouvait traiter plus solidement. Dès que le prétendu négociant revenait, il jugeait, à l'accueil qu'on lui faisait, de la réussite de son projet; sa pacotille était toute prête, on la lui montrait, il la vérifiait, il la soldait en lettres de change, sur lesquelles on lui rendait souvent de l'argent. On lui envoyait à son hôtel la marchandise qu'il avait soin d'expédier aussitôt à un de leurs commettans affidés, de sorte que, d'après cette friponnerie qui était renouvelée chaque jour chez divers marchands, celui-ci reçut une quantité considérable de marchandises dans tous les genres possibles. Toutes les traites qu'il donnait en paiement, étaient presque toutes aux mêmes échéances. Comme les marchands avec lesquels il trafiquait, n'avaient entre eux aucune relation quelconque, ils ne pouvaient point se communiquer leurs affaires, ce qui écartait tous les soupçons sur la maison de commerce. Comme le jour des échéances approchait, peu de temps auparavant, le banquier, les commis et garçon de bureau, et le négociant supposé disparurent; de sorte que le jour du paiement des traites, les porteurs ne trouvèrent personne, et ne purent avoir aucune indication sur leur demeure. On fit les recherches les plus exactes, mais elles furent vaines : chacun en fut pour sa marchandise.

Un homme qui venait d'éprouver de grandes pertes, et qui cherchait à avoir un emploi, se présente chez un intrigant qui passait pour être en grande intimité avec des personnes élevées en dignité et du plus grand mérite, sur le témoignage qu'on lui avait fait que cet homme était à même de lui procurer une place avantageuse. L'intrigant, d'après l'exposé de la demande, ne dissimule pas que ces sortes d'affaires se traitent ordinairement par un présent de dix à douze louis; que c'est le vrai moyen de les faire terminer promptement; que d'ailleurs cela demandait toujours un bon mois d'attente, vu qu'il fallait épier le moment favorable pour présenter la pétition de la demande; que trop de précipitation occasionerait un refus ou un retard, qui nécessairement tournerait au préjudice du demandeur.

Cet homme sentit la justesse du raisonnement, mais les dix louis à donner d'avance lui paraissaient une charge d'autant plus onéreuse, qu'il se trouvait extrêmement gêné. L'intrigant lui fit tellement entrevoir la réussite d'une place qui, à sa sollicitation, ne pouvait lui échapper, qu'il se décida à se dépouiller de cette somme. Au bout d'un mois, le particulier passa chez l'intrigant, qui lui dit que la place ne pouvait pas tarder. Il attend donc encore une quinzaine ; à cette époque, il ne se trouve pas plus avancé : l'intrigant le remet si bien de huitaine en huitaine, que trois mois se passent sans qu'il soit question de place. Le particulier voit alors qu'il est la dupe d'un intrigant ; il veut ravoir son argent ; l'autre dit qu'il ne peut pas le redemander. Le particulier lui demande de lui faire parler à celui à qui il l'a remis ; l'autre s'y refuse, observant qu'il ne peut pas le compromettre. Ne pouvant rien obtenir, il va faire sa déposition chez le commissaire, qui envoie chercher l'intrigant, qui paie d'effronterie, dit que le particulier était venu lui-même le prier de lui procurer une place ; qu'il lui avait fait envisager et la difficulté de la réussite, et le retard qu'une pareille négociation occasionait ; que la personne lui avait remis, à la vérité, dix louis, mais pour le prix de ses peines ; qu'il était étonné de sa demande injuste, et que, s'il s'était senti coupable dans cette affaire, il ne se serait pas présenté devant lui. Comme il n'y avait pas de témoin dans cette affaire, le commissaire ne put sévir contre l'intrigant, et le particulier en fut pour son argent.

Deux filous étaient un jour au perron du Palais-Royal ; l'un tenait à la main une montre de cuivre bien dorée, et criait : Qui veut acheter ma montre; j'ai besoin d'argent, je la donne à bon compte? Un paysan bien vêtu passe dans ce moment-là et s'arrête. L'autre filou, voyant le moment propice, s'avance, prend la montre, l'ouvre, examine le mouvement, tâte la boîte, qu'il trouve forte; le mouvement lui paraît excellent. — Combien voulez-vous vendre votre montre. — Six louis. — C'est trop cher. — Vous l'avez examinée, et vous êtes en état de juger qu'elle vaut davantage. — Je le sais; mais je vous en donne cinq : voyez si ce prix vous convient. — Je ne le puis; mettez cinq louis et demi, et elle est à vous. — Cinq louis, pas plus. Pendant ce marché, le paysan était toujours présent, et avait toujours la vue sur la montre. On convient de cinq louis; le filou remet à son associé deux louis : Je n'ai que cette somme sur moi; mais si Monsieur, en s'adressant au paysan, veut m'avancer trois louis, je vais lui laisser la montre en nantissement; je ne lui demande qu'un quart-d'heure pour venir lui remettre la somme. Le paysan, qui croit que la montre est en or, et qui voit qu'il ne peut rien perdre, donne les trois louis. Le filou, en s'en allant, lui dit : Je suis à vous dans le moment. L'autre ayant reçu l'argent, s'éloigne aussitôt. Le paysan attend en vain deux bonnes heures avec impatience; il prend son parti et continue sa route. De retour à son logis, il raconte son aventure; on lui demande à voir la montre, et sur l'examen, on lui dit qu'il est trompé, que ce n'est qu'une montre en cuivre doré. Qui fut surpris? ce ſut le paysan.

Un homme paraissant être un facteur des messageries, se présente chez un négociant. Voici, dit-il, un ballot à votre adresse; il ouvre un registre : c'est vingt-deux livres dix sous pour le port. Le négociant qui reçoit souvent de petits ballots par cette voie, et quelquefois sans avis, remet la somme et appose sa signature à l'article énoncé à son adresse. Le facteur payé s'éloigne. On découvre le ballot pour voir ce qu'il contient; on ne trouve autre chose que de mauvais chiffons.

Une jeune femme, qui paraissait avoir tout au plus vingt-cinq à vingt-six ans, quoiqu'elle en eût trente-quatre, douée de la plus agréable figure, et s'exprimant avec un art enchanteur, se trouve un jour à l'Opéra de Londres. Elle était accompagnée d'un jeune homme qui paraissait avoir dix-huit ans, qui, par convention entre eux l'appelait sa mère quoiqu'il n'était que son frère. Un lord se place ce jour-là dans la même loge où elle était. Il ne peut s'empêcher d'admirer la fraîcheur et les grâces de la dame. Bientôt la conversation s'engage ; l'esprit vif et saillant de la jeune personne l'enchante au point que le spectacle qui l'avait attiré n'a point d'attrait pour lui, et qu'il ne trouve de vrai plaisir qu'à s'entretenir avec son aimable compagne. Le spectacle finit trop tôt pour lui ; il craint de ne plus trouver l'occasion de revoir la personne qui l'intéresse si vivement. Cependant il se hâte de demander à la dame la permission de la reconduire chez elle. Elle refuse ; il montre le chagrin qu'il éprouve de se séparer d'elle ; on le console en lui disant qu'on aime beaucoup l'Opéra, et qu'à la représentation prochaine on ne manquera pas d'y venir. Cette assurance porte la tranquillité dans l'âme du lord ; il attend avec la plus vive impatience le jour de la représentation ; il arrive quoique très-lentement suivant lui ; il s'y rend de très-bonne heure, afin de guéter la jeune femme et de pouvoir se placer près d'elle. Il l'aperçoit enfin, accompagnée de son fils prétendu ; il va au-devant d'elle, lui dit qu'il lui a retenu une place dans la loge où il est, et qui lui paraît la plus avantageuse pour le spectacle; elle le remercie de son attention; elle entre dans la loge avec le jeune homme, qui se place derrière elle; de sorte que le lord se félicitait du bonheur d'être à côté de celle qu'il aimait. Il pouvait, suivant lui, parler plus à son aise; aussi se dédommagea-t-il de la privation de ne l'avoir pas vue, en s'entretenant sans cesse avec elle. Pour cette fois, on lui accorda, après le spectacle, la permission de reconduire; on l'invita même de monter. Le lord transporté de joie, accepte, comme on se l'imagine, la proposition. Par l'ameublement, il juge que la personne jouit, si ce n'est d'une grande fortune, au moins d'une fortune aisée. On lui offre de se rafraîchir. « Puis-je vous refuser, Madame, lorsque vous offrez de si bonne grâce. » L'heure s'écoule si promptement près de l'objet qui nous inspire; il fallut donc se séparer : nouveaux regrets de la part du lord. Le lendemain matin, il ne manque pas de venir s'informer de la santé de la dame; après un court entretien, il lui propose de venir faire un tour de promenade. — Je suis fâchée de vous refuser, lui dit-elle, d'un air gracieux.— Le temps est si beau, il faut en profiter, je pense que vous êtes maîtresse de vous-même?—Oui, mais un devoir important m'impose l'obligation de demeurer au logis : je suis mère, je ne puis pas laisser mon fils seul, et il me serait imprudent de lui procurer journellement de nouvelles dissipations; la jeunesse n'est que trop portée à s'adonner aux plaisirs. Il faut que mon fils travaille; je n'ai point grande fortune à lui donner, et il est dans un âge où il faut penser solidement. Je ne désire que son avancement; il le sait, et quelque tranquille que je paraisse, je ne suis pas moins tourmentée à son sujet. — Il paraît très-doux de caractère et semble vous respecter. — Je n'ai qu'à me féliciter de son attachement; mais l'envie de voyager lui tourne la tête: il ne m'entretient que de ce projet, et chaque jour sa résolution paraît plus affermie. Je vous avoue, Milord, que je me trouve dans une position très-embarrassante et très-gênante. Je voudrais bien souscrire au désir de mon fils; mais... — Achevez, Madame; me croyez-vous donc indigne de votre confiance? faites-moi l'honneur de me regarder comme un ami, et soyez assurée que je saisirai toutes les occasions de vous être utile.— Je n'en doute nullement, Milord, mais vous ne me connaissez pas encore assez pour que vous puissiez remplir l'objet de mon désir.—Ah! Madame, il suffit de vous voir pour vous apprécier; ne me laissez pas je vous en conjure, dans une demi-confidence. — Eh bien! Milord, puisque vous le voulez, je vais être sincère avec vous, et vous faire le confident de mes peines: Mon fils, depuis un mois, me tourmente pour aller aux Indes, il voudrait profiter du départ d'un vaisseau qui doit faire voile incessamment, je ne puis le laisser partir sans lui faire sa cargaison. Je voudrais au moins lui donner la légitime qui lui revient de son père, qui se monte à mille guinées. J'ai bien une ressource pour les lui procurer, et que je vais vous montrer. En disant ces mots, elle va à son secrétaire, en retire un contrat. Voici, dit-elle, en le remettant entre les mains du lord, tout mon avoir. C'est comme vous le voyez, un bien que je possède, et qui est six fois la valeur de la légitime de mon fils. Si je le vend, je le dénature, d'ailleurs j'y suis attachée, c'est l'héritage de mes pères, j'aimerais mieux restreindre mon revenu et emprunter avec hypothèque; mais j'ai si peu d'usage du monde, que je ne sais à qui m'adresser, et que je crains fort de me voir obligée de vendre.—Vous auriez tort, Madame, s'écrie le lord, de vous dépouiller de l'héritage de vos pères, et pour vous aider à le conserver, je vous offre les mille guinées, mais à une condition, que vous me permettrez de venir dîner sans façon avec vous ; vous pouvez compter sur ma parole. Je sors, Madame, et dans deux heures, je reviens acquitter ma promesse. Effectivement, le lord ne manque pas de se présenter au temps convenu; à peine est-il entré, que, tirant une bourse : Voici, belle dame, la somme dont vous avez besoin.—Je n'ai point prétendu, Milord, vous engager à me livrer cette somme, et je me vois contrainte de vous refuser.—Obligez-moi, Madame, d'accepter; je ne vous demande que cette faveur.—Milord, j'y mets une condition, que nous irons chez votre notaire, pour l'assurance de votre hypothèque.—Eh, Madame, nous avons le temps, commencez d'abord par satisfaire le souhait de votre fils.—Je vous avoue franchement, Milord, car d'après ce que vous faites pour moi, je vous regarde comme mon ami, que je ne suis pas en quelque sorte fâchée de voir mon fils prendre le parti de voyager. Son départ m'affligera, mais c'est une suggession pour moi d'être obligée d'avoir toujours mon fils avec moi.—J'en conviens, dit le lord, qui dans le fond trouvait que ce jeune homme était un importun pour lui, qui lui évitait des têtes-à-têtes qu'il désirait. On se mit à table; le lord fut enchanté de son hôtesse. Pendant le repas, la dame dit à son fils supposé : Grâces à milord, à qui je n'ai pu cacher le secret de mes peines, je suis en état, mon fils, de vous remettre la légitime de feu votre père. Nous passerons demain chez un notaire, pour en dresser le contrat. Vous pourrez donc partir suivant votre désir pour l'Inde. Je vous laisse le maître d'employer votre légitime comme vous le jugerez à propos, pour que vous n'ayez pas à me reprocher, dans le cas de non réussite, d'avoir nui à vos intérêts. Le fils supposé remercia milord, qui lui dit : Je désire de tout mon cœur que votre voyage soit heureux. Songez, mon enfant, que le sort de votre mère est attaché au vôtre; n'agissez pas en jeune homme; prenez garde d'être la dupe de vos marchés. Cette journée, dit le lord, est trop belle pour moi, pour que nous ne la passions pas toute entière ensemble. On alla donc au spectacle. Il fut question, en se quittant, que le lendemain on serait privé du plaisir de voir milord, parce que cette journée devait soit-disant être employée par la mère et le fils à aller chez le notaire et chez le commettant du navire, pour prendre les arrangemens nécessaires. La dame sortit donc de bonne heure avec son fils, et ne rentra que tard, afin de faire croire à milord, dans le cas où il aurait pu venir, que l'on s'occupait du voyage du jeune homme. Dès que le lord vint, on ne manqua pas de lui dire que l'on n'avait pas perdu de temps, que tout était terminé, et que le fils devait partir sous trois jours. Cette nouvelle porta la joie dans l'âme du lord; il allait se trouver seul avec la dame de ses pensées. Les trois jours lui parurent un siècle. Enfin, le jour des adieux arriva; on fut triste, du moins on parut l'être. Le lendemain du départ du fils supposé, le lord vint de bonne heure; il craignait que la douleur qu'avait affectée la dame ne préjudiciât à sa santé; lorsqu'elle le vit, elle le reçut avec une tristesse feinte. Le lord s'efforça de la dissiper, mais inutilement: Votre douleur est légitime, lui dit le lord, mais vous devez la surmonter. Il vous faut prendre l'air pour chasser la mélancolie de votre âme.—J'ai envie, dit-elle, d'aller passer deux jours à la campagne, chez une de mes amies.—Vous ferez bien, dit le lord. Elle prit donc la résolution de partir le lendemain. Le lord dit qu'il profiterait de cette absence, pour aller aussi à la campagne, et que sous trois jours il serait de retour. La dame fit donc semblant de partir; elle fit épier le lord, qui effectivement se rendit, comme il l'avait dit, à la campagne. Elle profita alors de ce moment pour déménager et quitta la capitale pour aller rejoindre son voyageur supposé dans l'endroit dont ils étaient convenus. Le lord de retour, se présente chez la dame; comme on ne lui répond pas, il s'informe si elle est revenue de la campagne. Elle n'y a pas été, lui dit-on; elle est déménagée depuis deux jours, et n'a point laissé son adresse. Qu'on se figure l'étonnement du lord, qui se trouva la dupe de cette femme.

La société, et particulièrement la classe des commerçans ou négocians ne sauraient être trop en garde contre la ruse de certains individus auxquels on confie des marchandises, et qui, lorsqu'ils les ont vendues, couvrent la plus insigne escroquerie des apparences d'un vol, à la suite d'un assassinat dont ils disent avoir été les victimes.

Le 6 vendémiaire an 9, un particulier, de retour de commissions dont plusieurs marchands l'avaient chargé pour différentes foires, rentre chez lui la tête ensanglantée, et dit avoir été volé d'une somme assez considérable, à huit heures du soir dans les Champs-Elysées, après avoir reçu un coup de sabre sur la tête.

Cette aventure, comme on se l'imagine, fit du bruit. On plaint le particulier qui passait pour un parfait honnête homme. On croit d'autant plus à cet événement fâcheux, que les probabilités le constatent; mais, malheureusement pour le quidam, un des négocians ne fut pas si crédule que les autres marchands. Il n'est pas plus tôt informé de cet accident, qu'il se rend aussitôt chez le commis forain qui le reçoit, comme toutes les personnes qui viennent le voir et savoir de ses nouvelles, d'un air à moitié moribond. Il commence par le plaindre, et lui fait des offres de service ; il demande à voir la blessure, on hésite ; mais sur de nouvelles instances le faux moribond n'ose refuser. Le négociant reconnaît que la prétendue blessure du particulier n'est qu'une légère incision à la peau, ou une égratignure qui était presque refermée. A cette vue, ses soupçons se réalisent ; il dissimule ; il caresse l'enfant de cet homme qui avait accompagné son père, et qui était agé de douze ans ; il l'interroge, tandis que le père était occupé à parler à d'autres personnes; l'enfant lui répond ingénûment qu'il ne s'était pas aperçu que son père eût été attaqué. Muni de ces indices irrécusables, le négociant se rend, chez le commissaire, et fait son rapport. Le commissaire envoie chercher le particulier qui s'était donné garde d'aller chez lui porter sa plainte, dans la crainte sans doute qu'on examinât de trop près la blessure dissimulée. Il est interrogé; il balbutie, et prouve pas ses réponses maladroites, qu'il n'a été ni volé ni blessé.

Le cinquième jour complémentaire de l'an 7, cinq individus s'introduisent dans une maison rue du Mail, au domicile d'une italienne, nommée Tresta, veuve Prat, et s'annoncent comme porteurs d'ordre du bureau central, contre le nommé Rougier qui vivait avec elle. Ils y trouvent ce particulier, lui déclarent qu'il est prévenu d'émigration et d'altération de monnaie. En conséquence, ils se disent chargés de l'arrêter et de faire perquisition chez la veuve Prat, de toutes les pièces d'or et d'argent, ainsi que de tous bijoux pour les apporter au bureau central, en y traduisant ledit Rougier. Pour donner à cet attentat une apparence légale, l'un des coupables s'était décoré du ruban tricolor, et paraissait remplir les fonctions de commissaire de police; trois autres avaient pris la qualité d'inspecteurs; le cinquième, armé d'un grand sabre, et revêtu de l'uniforme de chasseur, passait pour le commandant de la force armée, qui était censée à la porte de la maison.

A la faveur de ce travestissement, le faux commissaire de police et ses complices enlèvent une cassette contenant 6,000 francs écus, un lingot d'argent du poids de 14 à 15 marcs, et une cuiller à ragoût. L'opération terminée, ils somment Rougier de les suivre ; il obéit. On le fait monter dans un fiacre, où se placent avec lui deux des prétendus inspecteurs, et le fripon déguisé en militaire. Un second fiacre reçoit les deux autres personnes et les objets volés. Les rôles ainsi distribués, la première voiture prend d'abord la route du bureau central, mais elle va s'arrêter dans une des cours du Palais de Justice, où les filous, pour se débarrasser de Rougier, semblent favoriser son évasion, et le laissent échapper.

Pendant ce temps, l'autre voiture avait pris une direction opposée, et gagnait vraisemblablement le lieu fixé pour le partage des objets volés.

L'on ne tarda pas à s'apercevoir du piége funeste dans lequel on s'était laissé entraîner. Cependant nombre de jours s'étaient écoulés, et malgré les recherches les plus exactes, le crime était encore couvert des ombres du mystère. La police, par sa surveillance active, est parvenue à découvrir et à faire arrêter les auteurs du vol. L'un d'eux a été trouvé nanti de beaucoup de fausses lettres de change, dont ils faisaient le commerce, et de nombre d'instrumens servant à l'altération de la monnaie.

Escroquerie d'un genre nouveau, dont le Tribunal de Police Correctionnelle s'est saisi. C'est sur cette affaire, jusqu'à présent sans exemple dans les annales de la jurisprudence, que vient d'intervenir un jugement, dans lequel il a fallu toute la sagacité des juges pour ne point dépasser les bornes d'une justice vraiment distributive.

Avant de faire connaître le prononcé du tribunal, nous allons entrer dans les détails qui ont donné lieu à cette procédure vraiment singulière.

M. Heyer, possesseur d'une fortune considérable, fait, dans les premiers jours de vendém. an 9, la connaissance de Barbaut, par l'entremise du général Polian. Celui-ci, entendant parler chez M. Heyer de jeux et de loterie, dit qu'il avait connu autrefois un particulier qui disait avoir un secret infaillible pour gagner au *trente* et *quarante*. M. Heyer, séduit par l'appas d'un bénéfice immense, va chez Barbaut, inventeur du prétendu secret, dans les premiers jours de vendémiaire, qu'il trouva dans la misère la plus affreuse, l'attira chez lui, après lui avoir donné une cinquantaine de louis pour le mettre en état de paraître dans la société. M. Heyer demanda alors à Barbaut des explications sur le secret qu'on lui avait dit qu'il possédait. Barbaut les lui donna; il fait en sa présence plusieurs expériences qui toutes réussissent, le mène dans différentes maisons de jeux où il gagne constamment, et il finit par vendre son prétendu secret au crédule Heyer.

Les débats auxquels a donné lieu cette affaire, offrent les circonstances les plus extraordinaires. Si, d'un côté, l'on est étonné de l'extrême crédulité, pour ne pas dire plus, de M. Heyer, qui consent à payer 135,000 fr. le secret infaillible de faire des dupes, de l'autre côté, l'assurance constamment soutenue de Barbaut ne doit pas moins surprendre. Il avoue avoir vendu à M. Heyer, non pas le secret infaillible de toujours gagner au jeu, mais le meilleur moyen de jouer avec une espèce de certitude; moyen qu'il dit être le résultat de vingt années d'observations et de calculs; et la preuve, ajouta-t-il, que M. Heyer savait parfaitement ce qu'il achetait, et que je n'ai point cherché à le tromper, c'est que j'ai répété devant lui mes expériences autant de fois qu'il l'a désiré; c'est que, lorsqu'il a joué d'après mes procédés, il a gagné des sommes immenses. Ce n'est pas ma faute, s'il n'a pas toujours suivi mes instructions, ou s'il a fini par les oublier entièrement.

M. Heyer et les témoins qui ont été entendus, sont tous convenus que les expériences faites particulièrement par Barbaut, avaient eu le plus heureux succès, mais qu'il n'en avait pas été de même lorsqu'il s'est agi de mettre ses procédés à exécution dans des maisons de jeux. M. Heyer se plaignant un jour à Barbaut de ce que son infaillible lui avait déjà fait perdre plus de 42,000 fr., il lui répondit que cela ne l'étonnait point, parce qu'il s'obstinait à jouer les jours que Salomon avait désignés pour être malheureux. M. Heyer a ajouté que avant de lui vendre son secret, Barbaut lui avait demandé s'il croyait à la Sainte-Trinité, et que c'est sur sa réponse affirmative, qu'il consentit à le rendre possesseur d'un si rare trésor. Ces faits ont été niés par Barbaut.

Les débats terminés, le Tribunal a entendu M. Roullois, commissaire du gouvernement, qui a résumé d'une manière claire et succincte les faits de la procédure. A la présentation de la plainte, a-t-il dit, on s'est demandé quel était le plus fripon de celui qui avait vendu, ou de celui qui avait acheté, parce qu'on nrésumait que ce secret infaillible consistait dans quelques subterfuges, dans quelques connaissances, mais depuis les débats, on a vu qu'il s'agit simplement de calculs, de combinaisons, et on s'est dit : l'un est fou, et l'autre imbécille. Après s'être dispensé de prouver la seconde question, le commissaire a développé les moyens propres à démontrer que, si Barbaut était fou, c'était au moins un fou très-raisonnable, puisqu'il était parvenu à vendre 135,000 fr. une véritable chimère. Il a conclu contre Barbaut à un emprisonnement de deux ans, et à une amende de 2,000 fr, en réservant aux parties plaignantes la répétition civile de leurs droits.

Le Tribunal a cru que cette escroquerie était atténuée par la confiance que Barbaut pouvait avoir dans son secret, et d'ailleurs par les épreuves avantageuses qui en avaient été faites par le plaignant, et qui l'avaient déterminé à en faire l'acquisition.

Il n'a pas regardé comme exempte de blâme la conduite de ce dernier qui, au moyen d'un procédé sûr, prétendait lui même escroquer les banques du jeu, et se mettre à l'abri de l'inconstance du sort.

En conséquence, le tribunal voulant être juste envers tous, et satisfaire la morale publique, a condamné Barbaut à 300 fr. d'amende et dix jours de prison; annule les actes et les diverses obligations souscrites à son profit par M. Heyer; et en ce qui regarde la somme de 9,000 fr. numéraire reçue par Barbaut, et celle de 5,000 fr. payée pour les frais de deux actes qui viennent d'être annulés; attendu les motifs précédemment énoncés à l'égard de M. Heyer, met les parties hors de cause, compense les frais de l'instruction jusqu'à l'expédition du présent jugement exclusivement, qui, avec les frais que son exécution pourrait entraîner, restent à la charge de Barbaut, ainsi que l'impression et affiches du présent jugement, au nombre de cinq-cents exemplaires; invitant M. Heyer à faire à la caisse des hospices civils de la commune de Paris, sur la somme de 4,000 fr. portée au billet à ordre annulé, tel don que son humanité lui suggérera.

Un individu changeait de nom dans chaque ville où il passait; il fabriquait de fausses lettres de change, contrefaisant parfaitement toutes sortes d'écritures.

Pour mieux jouer son rôle, il demandait du papier sur Paris ou autres villes de commerce ; il en payait le montant ; il contrefaisait ce papier, et venait ensuite dire qu'il ne connaissait pas la maison sur laquelle il était tiré, redemandait son argent et remettait un papier contrefait, ensuite envoyait le bon pour être payé. Ce stratagême lui a réussi pendant plusieurs années : il a été arrêté à Nancy, où il a dit se nommer Joseph Papillon.

Un marchand de Londres expédia en août 1801, à Halifay, une grande quantité de vin de Porto. Les tonneaux ayant été visités, selon l'usage, il prit la reconnaissance de la douane, et le vaisseau arriva à bon port. Mais quel fut l'étonnement de l'acheteur, lorsqu'au lieu du vin qu'il avait payé, il ne trouva dans les tonneaux qu'une légère surface de vin contenue dans un double tonneau, et le fond de la pièce rempli d'eau de la Tamise. Comme le marchand frauduleux avait eu le temps de prendre la fuite, il a été condamné à quatre-mille guinées de dédommagement, qui sont perdus pour sa dupe.

Un homme de loi de Bruxelles conseille à une marchande qui avait fait d'assez mauvaises affaires, de déclarer sa banqueroute, en le faisant son créancier imaginaire, au moyen d'une obligation à son ordre d'une somme de six-mille francs. La marchande y consent, et donne son obligation à l'homme qui avait sa confiance. Celui-ci, de concert avec sa prétendue débitrice, obtient une sentence d'exécution, et enfin une prise de corps. Jusques-là, la friponnerie était égale des deux côtés, lorsque l'homme de loi en question, qui n'avait en vue que ses intérêts particuliers, fait mettre en prison sa complice, et vendre à son profit ses marchandises et ses meubles. La marchande, indignée dévoile cet horrible manœuvre, obtient un sursis à la vente de ses effets, et se déclare l'accusatrice de celui qui naguères était son conseil. Cette aventure est arrivée en brumaire an 10 ; et le jury d'accusation a prononcé qu'il y avait lieu à accusation contre l'homme de loi qui a été condamné.

Un filou ayant mené sa femme à la friperie, lui fit louer un atour de dame passablement beau, moyennant un écu de six francs pour deux jours. L'ayant donc habillée, il la mène à un loueur de carrosses du faubourg Saint-Germain; il choisit le plus beau carrosse, le cocher le mieux habillé pour la mener au Palais, du Palais à la rue Aubry-le-Boucher, et de-là à Saint-Médéric; il paie le louage du carrosse; sa femme seule monte dedans, se fait d'abord conduire au Palais, où ayant fait un tour, elle descend par la porte qui fait face à l'église Saint-Barthélemy, où voyant quantité de laquais à louer, elle en choisit un fort bien fait, et dont l'habit approchait de la couleur de la casaque du cocher; elle le loue, l'emmène, le fait monter derrière le carrosse, et en cet équipage se fait mener dans la rue Aubry-le-Boucher. Elle descend chez un marchand de passement qui, la croyant ce qu'elle n'était pas, la reçut avec grand honneur. Elle lui demanda à voir de ces plus beaux points de Gênes. Le marchand lui en fit voir de ceux du plus grand prix qu'il eût dans son magasin. La dame en ayant fait choix d'un, ils convinrent de prix à quinze-cents livres; alors la dame dit au marchand: Monsieur, prenez celui-là, et montez dans mon carrosse pour venir prendre votre argent chez moi, qui n'est qu'à le rue de la Verrerie. Ce que ce marchand ayant cru, il prend son manteau et son passement, monte en carrosse avec elle. La dame dit au cocher: Cloître Saint-Médéric. J'ai là, dit-elle au marchand, une cousine à qui je veux montrer mon marché. Le cocher ayant arrêté devant le Cloître Saint-Médéric, la dame dit au marchand : Monsieur, donnez-moi votre passement, je le vais faire voir à ma cousine; demeurez cependant dans mon carrosse, car je ne ferai qu'entrer et sortir. Le marchand qui se croyait bien assuré de sa marchandise, ayant un carrosse et des chevaux qui lui en répondaient, demeure dans le carrosse, pendant que la dame gagne une petite ruelle et s'enfuit avec le passement. Cependant, le marchand était dans ce carrosse, attendant toujours le retour de la dame. Après avoir demeuré dans cette attente une heure, deux heures et trois heures en grande impatience, voyant enfin qu'elle ne revenait pas, il dit au cocher : Comment s'appelle votre maîtresse? — La loueuse de carrosse, reprend le cocher? — Non, non, dit le marchand, la dame que vous avez amenée ici. — Monsieur, répond le cocher, je ne la connais point, elle est venue ce matin louer ce carrosse, et en a payé le louage. Alors le marchand surpris demanda au laquais : Dites-moi, je vous prie, comment se nomme votre maîtresse? A quoi le laquais fit réponse : Monsieur, je ne la connais pas encore : car elle ne m'a loué au Palais qu'à midi, et m'a seulement donné quinze sous pour mon dîner. — Comment! dit le marchand, grandement ému, vous ne la connaissez ni l'un ni l'autre. — Non, je vous jure, dirent le cocher et le laquais. — Ah! dit le marchand, voilà mon point de Gênes perdu? Il avait bien raison de le dire; car depuis il n'en a eu aucune nouvelle, et bien fâché il s'en revint chez lui. Le cocher ramena son carrosse dans sa maison, et le laquais retourna au Palais chercher une nouvelle maîtresse ou maître.

~~~~~~~

Un filou s'en fut sans chapeau dans une assemblée nombreuse, où il se proposait d'en choisir un à sa fantaisie. Il se mit à côté d'un magistrat qui avait un superbe castor. Le filou trouve le moyen de s'en emparer, comme le monde sortait en foule. Le magistrat qui sentait que son chapeau lui échappait de dessous le bras, cria qu'on lui prenait son chapeau. Le filou, en même temps, se l'enfonça sur la tête, et tint ses mains dessus, en disant : Je défie qu'on prenne le mien.

~~~~~~~

Un négociant de Bordeaux reçut en 1791 une lettre dans laquelle un de ses correspondans de Hambourg, lui envoyait le signalement d'un homme, qu'il disait lui avoir volé quarante-mille livres en numéraires, et lequel, ainsi qu'il venait de l'apprendre, était à Bordeaux, où on le voyait souvent à la bourse. Il finissait en le priant avec instance de ne point ébruiter l'affaire, parce que le voleur était un de ses parens; mais de l'inviter à dîner, de l'engager à la restitution, et s'il en venait à bout, de lui compter en espèce la somme de cinq-mille livres. Le bordelais ne manqua point en conséquence d'examiner avec attention tous les visages qui parurent à la bourse. Ayant à la fin rencontré celui qu'il cherchait, il exécuta de point en point la commission. L'étranger accepta. Quand la nappe fut levée et qu'ils se trouvèrent seuls, le négociant lui déclara qu'il était instruit du vol dont il s'était rendu coupable, et qu'il avait ordre de le contraindre à s'en dessaisir. Celui-ci parut très-étonné, très-confus, et le suppliant, au nom de Dieu, de ne pas le perdre, il lui dit qu'il était prêt à faire ce qu'on exigeait de lui; mais qu'il n'avait plus les espèces, ayant depuis son arrivée à Bordeaux, changé la somme en assignats pour la rendre plus portative. Il tira son portefeuille, remit pour quarante mille livres d'assignats de mille livres chacun. Le négociant satisfait, lui donna en espèces les cinq-mille livres qu'il avait ordre de lui laisser, et le laissa partir. Ayant ensuite examiné, avec ses commis, les quarante assignats qu'il venait de recevoir, il a reconnu qu'ils étaient faux, et a fait courir en vain après le filou. Il s'est hâté d'écrire à Hambourg, d'où il a obtenu la triste certitude que la signature de son correspondant avait été contrefaite, et que ce tour était l'ouvrage d'une société de fripons qui a des membres dans les principales places de commerce de l'Europe.

Un médecin de Dublin, homme d'un certain âge, très en réputation et fort riche, alla un jour recevoir dans un endroit une somme considérable en billets de banque et en or. En retournant chez lui avec la somme, il fut arrêté par un homme qui paraissait hors d'haleine à force de courir, et qui le pria de vouloir bien venir voir sa femme attaquée d'un flux violent; il ajouta que le besoin de secours était pressant, et que le docteur serait content, puisqu'il ne lui promettait pas moins qu'une guinée pour une seule visite. Le médecin, qui était fort avare, s'empressa de la gagner; il dit à l'individu de marcher, de lui montrer le chemin, et qu'il le suivrait. On le conduisit dans une maison située dans une rue écartée; on le fit monter à un troisième étage, où on l'introduisit dans une chambre dont la porte fut soudain fermée à clef. Alors le conducteur, présentant d'une main le bout d'un pistolet au docteur, et de l'autre une bourse vide et ouverte : « Voilà ma femme, lui dit-il; elle eut » hier un flux qui la réduite à l'état où

» vous la voyez; vous êtes un de nos
» plus habiles médecins, et je sais que
» vous êtes plus que personne en état
» de la guérir; vous venez surtout de
» tirer d'un endroit le remède nécessaire.
» Dépêchez-vous de l'appliquer, si vous
» n'aimez mieux avaler deux pilules de
» plomb qui sont dans cet instrument. »
Monsieur le docteur fit la grimace, mais obéit. Il avait quelques billets de banque et cent-vingt-cinq guinées qui étaient en rouleaux. Il mit docilement ces dernières dans la bourse, et voulut sauver les billets; mais le filou les savait dans sa poche.
« Attendez, lui dit-il, il n'est pas juste
» que vous ayez fait une si belle cure
» pour rien; je vous ai promis une gui-
» née pour votre visite, je suis homme
» d'honneur, la voilà; mais je sais que

» vous avez sur vous quelques petites » recettes très-efficaces contre le retour » du mal que vous venez de guérir; il » faut que vous ayez la bonté de me les » laisser. » Les billets de banque prirent le chemin des guinées. Alors le filou cachant son pistolet sous son manteau, reconduisit le médecin, en le priant de ne point faire de bruit, le laissa au coin d'une rue, lui défendant de le suivre, et courut brusquement chercher un nouveau logement dans un quartier éloigné.

UN escroc mal vêtu passant par Monmouth-Street où est la friperie de Londres, fut accosté par un garçon fripier qui, l'arrêtant par un des boutons de son mauvais habit, le pria de permettre, en lui faisant de grandes révérences, qu'il le revêtît d'un habit neuf et d'une veste qui iraient parfaitement à sa taille. Le passant escroc d'un air hébété jeta un coup-d'œil sur son habit un peu en désordre, parut un moment en suspend, et dit qu'il avait à la vérité besoin d'un autre habit, cependant qu'il ne se souciait pas beaucoup de changer. Pressé de nouveau par le fripier, il entre avec lui dans la boutique. Après avoir mis bas plusieurs paquets, et avoir habillé le passant, l'officieux garçon voulut faire le plaisant, et lui dit qu'il n'avait habillé personne, depuis plus de vingt ans, qui eût aussi bonne mine : « Regardez-vous au miroir, mon cher Monsieur, si vous ne voulez pas m'en croire; voyez la beauté de la couleur et remarquez surtout avec quel goût le collet est fait. » L'habillé de neuf, après s'être bien regardé, se trouvant passablement équipé, se tourna du côté du fripier et lui dit : Mon ami, *echange in no robbery* (un échange n'est pas un vol), et sans attendre qu'il lui répondît, il se mit à courir à toutes jambes, et s'éloigna avec une telle vitesse, que tous les oh! hé! et les *stopthief!* (arrêtez le voleur!) ne purent lui faire ralentir sa course. L'habit dont la couleur était si agréable et le collet si bien fait, disparut en moins de deux minutes, avec l'homme à qui il allait si bien.

Le commerce présente journellement, de nouveaux genres d'escroquerie. Des individus vendent des tonneaux en bon état et bien cerclés, qu'ils disent être remplis d'esprit de vin ou autres liqueurs; ils en montrent même l'échantillon; mais après avoir acheté ces tonneaux, on reconnaît qu'ils ne contiennent que de l'eau pure, et qu'il se trouve seulement, dans chacun d'eux, une boîte de fer-blanc, d'environ 40 centimètres (13 po.) quarrés, adaptée au bondon, et remplie de la liqueur qu'ils indiquent. Aussi, lorsque ces individus en tirent un échantillon, ils ont soin de ne l'extraire que par la bonde; car, en perçant le tonneau avec un forêt, il n'en sortirait que de l'eau. De cette manière, l'acheteur se trouve n'avoir qu'un douzième environ de la quantité de liqueur dont il a fait l'acquisition.

Nouveau genre d'escroquerie, dénoncé par le préfet de police, qui trouve un aliment perpétuel dans la crédulité d'un grand nombre d'habitans des départemens. Voici en quoi il consiste :

Un individu se disant détenu à Paris, dans une prison quelconque, mais le plus ordinairement au Temple, adresse à un citoyen, dont le nom et la demeure lui ont été indiqués, une lettre dans laquelle il annonce d'abord qu'il a été au service d'un personnage généralement connu, mais qui n'est plus sur le territoire français. Il ajoute qu'à une époque où le maître qu'il servait a été arrêté pour délits politiques, il s'est trouvé obligé de prendre la fuite; qu'il s'est retiré dans la commune qu'habite le citoyen auquel il adresse sa lettre; qu'ayant été bientôt rappelé à Paris par son maître, et craignant d'y perdre un écrin rempli de bijoux, ou une forte somme en or, restés en sa possession, il crut devoir enfouir ce trésor dans un lieu peu distant de la ville où demeure celui à qui il s'adresse, mais assez retiré pour qu'il fût impossible de découvrir le dépôt ; qu'enfin la gendarmerie l'a arrêté lui-même sur la route lorsqu'il retournait à Paris, et qu'il y a été conduit et écroué en la prison du Temple ou autres, où il est encore ; qu'ayant besoin d'argent, il s'adresse avec confiance au citoyen qu'il rend dépositaire de son secret, l'autorisant à retirer le trésor pour le vendre ou le garder, s'en rapportant au surplus à sa probité pour le partage.

(Ici un incident vient au secours de

l'escroc, qui veut recevoir la somme dont il a besoin, avant d'être obligé d'indiquer le lieu qui recelle le trésor.)

« Je suis malade, dit-il, et placé à l'infirmerie. Le garçon infirmier, qui m'a avancé l'argent dont j'avais besoin, a exigé, ne me connaissant pas, que je lui laissasse ma malle à titre de cautionnement, jusqu'au paiement de ma dette. Il l'a effectivement entre les mains, et aussitôt que je serai libéré, il me la remettra. Cette malle renferme, entre autres objets, la note indicative du lieu où j'ai fait le dépôt. En m'envoyant la somme de... que je lui dois, vous me procurerez le moyen de m'acquitter envers lui; il me rendra ma malle, et, sur-le-champ, je vous ferai parvenir la note, afin que vous puissiez non-seulement être dédommagé de l'avance que vous m'aurez faite, mais encore recevoir un témoignage certain de ma reconnaissance, et de la confiance que j'ai en vous. »

Tel est l'esprit dans lequel sont conçues ces lettres connues sous le nom de lettres de Jérusalem, et à la faveur desquelles les filous font tous les jours de nouvelles dupes.

Un escroc ayant envie de faire grande chère à peu de frais et de traiter ses compagnons, s'en va à la Vallée avec un crocheteur qu'il mène avec lui; il s'adresse à un rôtisseur, lui dit qu'il se marie le lendemain, et qu'il lui faut quantité de pièces pour ses noces: il fait marché de tout ce qu'il trouve à son goût, et en charge le crocheteur tant qu'il en peut porter, disant au rôtisseur : Mon ami, c'est mon oncle, qui est un curé de cette ville, qui fait les frais de mes noces; je vous prie de commander à quelqu'un des vôtres de venir avec moi quérir l'argent; ce qu'il fit, ordonnant à un de ses garçons d'aller avec lui chercher la somme dont ils étaient convenus ensemble. Le filou le mène par plusieurs rues de Paris, et passant devant Saint-Jacques-de-la-Boucherie, il dit au garçon : C'est ici dedans qu'est mon oncle, entrons, et il fit demeurer le crocheteur à la porte. Etant entrés, il dit au valet, en montrant le premier prêtre qu'il vit disant la messe : Voilà mon oncle, attendons qu'il ait achevé; ce qu'ils firent,

Lorsque le prêtre eut fini, attendez-moi, dit le filou, je vais lui parler. Il accoste ce prêtre qu'il ne connaissait point du tout, et lui dit à l'oreille: Monsieur, voici, en le lui montrant, un pauvre garçon que je vous amène, qui a perdu l'esprit; mais son genre de folie est étrange : il croit que tout le monde lui doit de l'argent, et ne tient autres discours que d'en demander à tous ceux qu'il rencontre; on m'a commandé de faire dire un évangile sur lui; je vous prie, Monsieur, de m'obliger en cela. Volontiers, dit le prêtre. Là-dessus le filou dit tout haut: Ce garçon va attendre que vous soyez déshabillé. Fort bien, reprit le prêtre, je reviens dans un instant. Le valet du rôtisseur entendant cela, crut qu'il n'y avait plus qu'à tendre la main. Il laisse aller sans difficulté, le filou qui prend congé de lui, et emmène le crocheteur avec lui. Le prêtre, au bout de quelques minutes, va trouver le garçon du rôtisseur, à qui il dit de se mettre à genoux. Pourquoi faire, reprend ce garçon? il n'est pas besoin de se mettre à genoux pour recevoir de l'argent, je le recevrai bien debout. Le prêtre croyant que sa folie agissait, se met à le prêcher, lui disant qu'il devait mettre ces folies-là hors de son esprit; mais le garçon du rôtisseur, qui ne se repaissait point de ce discours-là, demandait de l'argent à chaque moment. Ils furent assez longtemps dans cette plaisante dispute, jusqu'à ce que le prêtre commençant à se douter de la fourberie, lui demanda quel argent il réclamait de lui. Celui, dit le valet, que votre neveu doit pour des volailles et autres pièces qu'il a prises chez mon maître pour le festin de ses noces, et qu'il dit que vous devez payer. Alors ils virent bien qu'ils en tenaient tous deux; le garçon du rôtisseur voyant qu'il n'y avait rien à espérer du prêtre, chercha son homme avec le crocheteur qui étaient déjà bien loin de là, et qu'il ne retrouva pas.

Dans le mois de septembre 1802, un nommé Colins descendit dans un hôtel garni, tenu par M. Ibbotson, rue Oxford, à Londres. Il était dans un carrosse très-élégant, et avait avec lui deux dames qu'il appelait, l'une son épouse, et l'autre sa nièce. Il se donna pour un homme très-riche qui allait établir une banque, et qui sous peu de temps, serait créé baronnet. Il se disait ami intime de lord Kenyon, et devait pour complaire à ce seigneur, publier bientôt un livre contre le papier-monnaie.

Deux semaines après, Colins quitta l'hôtel, mais il y revenait de temps en temps; y dînant un jour avec un de ses amis, nommé Frèe, il trouva le vin délicieux, proposa à M. Ibbotson de lui en céder douze douzaines de bouteilles, et présenta en paiement une lettre de change de 65 liv. ster. tirée au profit de Samuel Colins, écuyer, à six semaines de date, par M. W. Etacker, à Chester, sur B. D. Frèe, écuyer, rue Harley, N°. 9, acceptée par celui-ci, et payable chez MM. Williams, fils, Drurey et compagnie, banquiers. M. Ibbotson reçut cet effet, rendit dessus 35 liv. ster. et 12 schellings, pour balance, et livra le vin, que Colins fit porter dans la maison qu'il habitait, rue Mortimer. Là, le porteur apprit que M. Colins était connu dans le quartier pour avoir volé et escroqué tous ses voisins, il en avertit M. Ibbotson, qui, commençant à avoir quelques inquiétudes, alla chez les banquiers désignés et montra sa lettre de change. On lui répondit qu'on ne connaissait pas les personnes dont il parlait. Il obtint un ordre pour faire arrêter Colins, qui présenta caution. Un des associés de M. Williams et compagnie, produisit un article de ses livres qui concernait un nommé Frée, et par lequel on vit qu'au mois d'octobre dernier, la compagnie n'avait à cet homme que 9 sch. 6 d. ster. pour faire face à des traites qu'il avait sur eux pour plus de 1166 livres ster. Lorsque le compte avait été ouvert entre eux et Frée, cet aventurier était venu dans un brillant équipage, avec des domestiques à livrée, et s'était dit recommandé fortement par son intime ami sir Grégory page Turner. Il a été prouvé aussi que Colins avait donné un effet de 500 liv. ster. dans Bond-Street; un autre de 365 liv. ster. au maître d'une taverne, dans Covent-Garden; un autre de 135 liv. ster, à un carrossier, dans Long-Acre; un autre de 55 liv. ster. à un tapissier; un autre de 35 liv. ster. à un bonnetier, et plusieurs autres de différentes valeurs à d'autres fournisseurs et marchands, auxquels il avait escroqué, par ce moyen, marchandises et argent. Son vrai nom est Virgin; il est fils d'un tisserand de Taunten. Dans sa première jeunesse, il avait servi comme laquais à Bath, et était devenu ensuite commis dans une maison de banque de cette ville. S'en étant fait chasser, il avait passé en France; et à son retour en Angleterre, il avait été précepteur dans différentes maisons d'éducation près de Londres. Il ouvrit ensuite une petite école dans Portaland-Street, sous le nom du révérend Samuel Virgin, membre du clergé anglican. Son école devint florissante, et il la vendit. Il se présenta ensuite comme curé, et en fit les fonctions à Hunting-Ford-

Bury, où il éleva encore une école. Il y eut un certain nombre d'écoliers de bonnes familles qui lui payaient soixante-dix guinées de pension; mais il y fit des dettes et fut obligé de quitter. Il entra en qualité de commis dans différentes maisons de banque, et en fut chassé pour cause de friponneries. Avant d'aller à Chester, il s'était procuré une licence du roi, pour changer son nom de Virgin en celui de Colins, sous prétexte d'un gros héritage que lui avait laissé un parent éloigné qui s'appelait Colins. Comme il avait eu soin de se faire donner au Heral d'office toutes les pièces nécessaires, il les faisait valoir avec adresse pour séduire ses dupes.

Colins a été condamné à deux ans

de prison à Newgate, et Frèe à un an dans New-Frison.

~~~~~~~~

En août 1802, un imposteur dupa toute la ville de Buxton, en se faisant appeler l'honorable Henri Howard, et se donnant pour le plus proche parent du duc de Norfolk et l'héritier de sa Pairie, et en se faisant présenter dans les meilleures maisons. A la faveur de ce nom supposé, il trouva le moyen d'emprunter des sommes considérables, et de jouir chez les marchands d'un crédit fort étendu. Enfin un M. Cumming, soupçonnant l'imposture, fit prendre des informations, et il se trouva que l'honorable Henri Howard n'était autre chose qu'un adroit filou, nommé
~~~~~~~~

Croisier, qui était autrefois marchand à Londres, mais qui, ayant fait banqueroute, passa en Irlande, où il escroqua 500 liv. ster. à une famille honnête chez laquelle il s'était impatronisé. Dévoilé par les soins de M. Cumming, il a été conduit dans les prisons de Derby.

~~~~~~~~

TROIS femmes, se disant les envoyées de trois saints (saint Georges, saint Nicolas et saint Lazare) parcoururent en l'année 1802, une partie de la Bosnie; elles prêchaient les habitans de ce pays, en leur reprochant leurs vices et leur dépravation; elles les exhortaient à changer de vie, en les menaçant de la colère céleste; elles regardaient déjà la sécheresse qui régnait depuis quelque
~~~~~~~~

temps comme un châtiment précurseur de plus grands maux, s'ils ne revenaient pas à la vertu et aux pratiques religieuses. Elles sommaient les habitans, au nom du Très-Haut, de renoncer à leurs mauvaises habitudes, de rejeter tout ce qui sert au luxe, tels que les habits riches, les objets d'or et d'argent, de prendre les vêtemens les plus simples. Comme leurs prédications reposaient sur la morale, elles trouvèrent nombre de partisans qui croyaient à leurs prophéties. Les habitans de la Bosnie, qui, suivant l'usage, ont des pièces d'or et d'argent attachées à leurs habits, les arrachaient et les remettaient à ces prophétesses supposées, qui, se trouvant munies d'une forte collection de ces dépouilles, disparurent au plus vite. C'est alors que les habitans se virent dupes de leur crédulité.

~~~~~~~~

La cause que nous allons rapporter est assez curieuse par ses détails ; elle fait connaître la manière dont certaines personnes s'y prennent pour faire des dupes. Elle fut jugée aux assises de Kent, et plaidée avec beaucoup d'adresse par M. Garrow, avocat de la partie plaignante, miss Robertson.

Voici les traits les plus saillans de cette affaire.

Miss Robertson avait tenu, pendant quelque temps, en société avec miss Sharp, autre aventurière comme elle, une école de jeunes demoiselles à Croom'shill. Elle publiait partout qu'elle
~~~~~~~~

allait faire un mariage honorable. On avait d'autant plus lieu de la croire, qu'elle était jeune, belle et bien faite, qu'elle s'exprimait avec ingénuité; et que la candeur était peinte sur sa figure. Elle prit donc une maison au Paragon et la meubla avec la plus grande élégance. Quelque temps avant de déménager, elle avait fait des emplettes, pour deux cents livres sterlings, chez MM. Oakley, Shackleton et Evans, propriétaires du magasin des modes, dans Bond-Street. Elle s'adressa à eux pour faire transporter ses meubles et effets dans son nouveau domicile. Ils s'en chargèrent volontiers, et lui écrivirent pour lui témoigner le plaisir qu'ils auraient à prendre dorénavant ses ordres, et à la voir dans leur magasin.

Miss Robertson leur fit plusieurs commandes. M. Oakley se transporta lui-même chez elle, et lui fit des offres pour l'ameublement de son salon. Il devait être décoré avec un goût et une magnificence admirables : des marbres, des franges d'argent, des moulures en or, un plafond peint en azur par les artistes les plus habiles ; enfin le *style* d'Oakley ; mais la somme paraissait effrayer miss Robertson. On la rassura ; on lui promit de ne pas la presser. Bientôt le salon fut achevé.

Quelque temps après, miss Robertson fut instruite, par une lettre anonime, que M. Oakley avait dit qu'elle lui devait 1,000 liv. sterlings, et qu'il avait des doutes sur sa prétendue fortune. Elle parut être singulièrement mortifiée de ce propos, d'autant plus qu'elle avait stipulé un crédit de douze mois, et s'en plaignit si adroitement, que M. Oakley ne tarda pas à savoir qu'elle était affectée de ses soupçons. M. Oakley vint dîner chez elle, et désavoua, en présence de deux témoins, le propos qu'on lui prêtait.

Miss Robertson jouait le rôle d'une riche héritière; elle contractait de tous côtés des dettes, elle prenait partout des engagemens, et n'en acquittait aucuns. Quelques créanciers importuns se présentèrent pour être payés; on lui conseilla de s'absenter pour quelques jours, et elle suivit cet avis. M. Oakley qui avait ses surveillans, et qui avait appris que miss Robertson était absente, et en connaissait les motifs, se présenta un soir chez elle, en demandant si le tapis du salon était arrivé; et sans attendre la réponse, pénétra dans l'intérieur de la maison, trouva moyen d'y introduire ses garçons, et fit mettre en paquets et emporter tout, laissant les murailles nues. Jamais expédition ne fut faite avec plus de célérité.

Miss Robertson, informée que M. Oakley avait profité de son absence pour tout emporter, revint à Londres, l'assigna en justice, et prit M. Garrow pour son avocat.

Qu'aurait fait, en pareilles circonstances, un marchand ordinaire, demande M. Garrow? Il eût eu recours à la justice, et attendu patiemment les assises et une sentence en sa faveur; mais cette marche était au-dessous de négocians tels que les propriétaires du *magasin des modes* de Bond-Street. M. Oakley a cru devoir abréger les formalités, oubliant le terme d'un an qu'il avait consenti pour être payé de miss Robertson, et les intérêts des autres fournisseurs, créanciers comme lui de cette dame, et qui avaient aussi bien que lui hypothèque sur son mobilier; je dis son mobilier, car il était bien à elle, puisqu'il lui avait été vendu et livré, et que M. Oakley lui avait donné, pour le payer, le terme d'une année.

Il allègue, il est vrai, pour sa justification, que miss Robertson l'avait elle-même autorisé à saisir; mais la chose est de toute fausseté. En effet, le procureur de M. Oakley, s'étant présenté un jour chez elle, pour lui faire signer un billet de vente, elle s'y était refusée; d'ailleurs, s'il avait eu le consentement dont il parle, M. Oakley se serait conduit différemment, et n'aurait pas pris un détour pour se faire ouvrir la maison : il n'aurait pas passé par la fenêtre de la cuisine.

Thomas Hawkins, cocher de miss Robertson, a été appelé seulement pour prouver que le défendeur et ses gens avaient enlevé les effets de sa maîtresse; à son second interrogatoire, cet homme a déclaré qu'il avait mené sa maîtresse à Hatchett's, pour commander un nouveau carrosse, et qu'il l'avait conduite aussi chez l'évêque de Londres, en Sant-James-Square, mais qu'il ne se rappelait pas de l'avoir menée chez sa sœur lady Paget, ni chez son tuteur sir Edward Law, maintenant *chief-justice*, lord Ellenborouh, ni chez son cousin, M. Dundas. C'était avec ces noms imposans que miss Robertson faisait ses dupes.

Miss Sharp, l'associée de miss Robertson, a dit que, dînant un jour chez celle-ci avec M. Oakley, elle avait entendu son amie se plaindre à lui du propos rapporté plus haut, ajoutant qu'il n'avait qu'à lui renvoyer son billet, et qu'elle l'acquitterait sur-le-champ. A quoi M. Oakley avait répondu : « Madame, j'ai déjà des affaires pour » vous; je suis satisfait : j'espère que » vous serez également contente de » moi.—Oui, sans doute, répliqua miss » Robertson, vous m'avez accordé douze » mois.—Très-certainement, Madame, » je voudrais savoir qui vous a fait pareil

» rapport. Je donnerais 100 livres » sterlings pour le connaître. »

A son second interrogatoire, miss Sharp a déclaré que, dans l'argent déjà payé pour les fournitures faites par M. Oakley, il y avait 110 livres sterlings, qu'elle avait prêtées à miss Robertson, et qu'après l'enlèvement, elle avait réclamé une partie des effets. Elle dit encore qu'elle avait été avec miss Robertson au Paragon, où elles devaient élever ensemble une maison d'éducation; qu'il avait été question d'un voyage à Fascally, propriété située en Ecosse, dont miss Robertson allait prendre possession, mais qu'elle n'avait pas entendu dire que ce fût un bien considérable; qu'une jeune demoiselle en avait dessiné le plan; mais qu'il n'avait jamais été exposé dans le salon; qu'elle ne se rappelait pas qu'on eût jamais parlé de Fascally devant M. Oakley, ni de lord Glenbervie, beau frère de miss Robertson; qu'à la vérité, celle-ci avait nommé lady Paget qu'elle appelait sa sœur, parce qu'elle devait épouser le colonel Cunningham, frère de cette dame; qu'elle se disait aussi très-liée avec miss Portens, fille de l'évêque de Londres (qui n'a jamais eu de fille, dit le juge); qu'au reste, miss Robertson était une femme très-réservée; qu'elle lui avait dit qu'elle attendait un grand héritage; qu'effectivement elle l'avait vue avant qu'elle quittât Crooms'hill, en deuil de son grand'père; que sa mère était encore vivante, qu'elle demeurait dans Devonshire-

Street, et jouissait d'une fortune de 50,000 livres sterlings. La déposante ajouta qu'elle ignorait que le père de miss Robertson eût été porteur chez un fabricant d'huile, et sa mère porteuse d'eau. Elle nomma aussi les différens endroits où miss Robertson avait été, depuis qu'elle a quitté le Paragon jusqu'à son arrivée à Huntingdon, où on l'avait arrêtée; elle avait toujours été avec elle, excepté pendant quatre jours.

Le juge lui demanda si, pendant ce temps, elle l'avait vue habillée en homme? « Habillée en homme! jamais, » Monsieur, jamais! — Mais, vous-» même? — Moi! pas un seul moment » depuis que je suis au monde. — Ne » saviez-vous pas que l'histoire de la » grande fortune de miss Robertson

» n'était qu'une fable ? — Jamais je ne l'ai » su. — N'avez-vous pas ici quelque » intérêt à mentir ? — Moi, Monsieur, » je méprise le mensonge. »

M. Sepherd, parlant pour les défendeurs, MM. Oakley, etc., dit qu'il n'avait jamais vu d'action plus impudente que celle de miss Robertson ; que l'adresse avec laquelle elle avait escroqué les effets qu'elle réclamait, n'était rien en comparaison de l'effronterie avec laquelle elle prétendait se les faire rendre. Des marchands de bonne foi sont trompés par une femme qui ne leur a pas donné un schelling, qui n'a jamais eu l'intention de les payer. Ils ont le bonheur de recouvrer une partie de leurs fournitures ; et c'est cette même aventurière qui demande aujourd'hui restitution, dommages et intétêts. Si elle obtient la sentence qu'elle sollicite, qu'y gagnera-t-elle? MM. Oakley et compagnie la feront arrêter de nouveau pour la totalité de ce qu'elle leur doit. Quel est leur crime, si ce n'est d'avoir enlevé à cette malheureuse les moyens de continuer son métier d'escroc, en lui ôtant son beau cocher, son brillant équipage, ses beaux meubles; car c'était là-dessus que reposait tout son crédit; ainsi que sur sa prétendue terre de Fascally, ses liaisons avec l'évêque de Londres, son futur mariage avec le colonel Cunningham, sa parenté avec M. Dundas et lord Glenbervic, ses relations avec lord Ellenborough, et l'immense fortune de son grand'père et de sa mère.

Miss Sharp la représente comme une femme très-réservée : il faut, en effet, qu'elle l'ait été beaucoup, pour en imposer à cette excellente amie. Comment s'étonner, après cela, que M. Oakley y ait été trompé? au reste, ce qui prouve qu'en agissant ensuite, comme il l'a fait, M. Oakley avait le consentement de miss Robertson, pour reprendre les meubles qu'il lui avait fournis, c'est qu'un mois après elle lui écrivit : « Monsieur, si, par mégarde, vos gens » ont enlevé quelque chose qui ne » vous appartienne pas, ou qui vous » ait déjà été payé, vous pouvez con- » venir d'une compensation avec miss » Sharp; cela vous tiendra lieu de dé- » charge. » Il y avait donc eu un consentement préalable. M. Oakley perdait encore à cet arrangement 700 livres sterlings, employées en peintures et décors qu'il ne pouvait pas enlever.

La lettre de miss Robertson a paru au juge une preuve décisive contre elle; elle a été déboutée de sa demande.

Le 17 janvier 1788, à la nuit tombante, une bande de filous déguisés en ouvriers, ayant répandu le bruit qu'un prisonnier s'était échappé de Newgate (prison de la ville de Londres), et qu'on le voyait dans l'égoût qui est sous la grille dans Aldersgate-Street (rue de cette cité), une foule de curieux se porta aussitôt vers l'endroit désigné. Un des filous tenait une chandelle à la main, que les autres avaient soin d'éteindre toutes les fois qu'on la rallumait. Pendant ce temps, l'empressement des curieux, pour voir l'échappé de Newgate, occasiona une confusion si grande, que les filous en profitèrent pour mettre à contribution les poches de leurs voisins; un des spectateurs perdit son portefeuille qui contenait des billets de banque pour des sommes considérables; d'autres en furent quittes pour leurs montres, leurs mouchoirs, leurs tabatières, etc. Enfin, on s'aperçut de la supercherie, et on arrêta deux hommes de mauvaise mine; mais, comme on ne trouva aucuns des effets volés sur eux, ils furent relâchés sur-le-champ.

Un fripon, qui savait qu'un coutelier de Paris était habile dans l'art de tremper l'acier, l'engagea, sous prétexte de faire une fourniture au Premier Consul, à venir chez un de ses amis; il s'y rendit, et monta ensuite avec ces deux inconnus, à la fin du jour, dans une voiture, qui les conduisit à une distance de plusieurs lieues. On le descendit alors dans un souterrain où il se vit environné de plusieurs hommes masqués. L'un d'eux lui déclara qu'on exigeait de lui qu'il trempât plusieurs matrices propres à fabriquer des louis.

Pour l'encourager à consacrer tout son talent à cette falsification, on lui fit de grandes promesses de fortune. Ce citoyen, marié et père de famille, opposa une répugnance invincible pour le travail qu'on lui demandait, refusant même de prendre des alimens; ses ravisseurs se déterminèrent à le faire sortir de leur caverne, et à le rendre à la liberté; mais en prenant néanmoins toutes les précautions qui pouvaient les mettre à l'abri d'une dénonciation dangereuse. Ils lui bandèrent la vue, lui mirent un bâillon; et, l'ayant fait entrer dans une voiture, ils lui firent faire en apparence un long trajet, et l'amenèrent dans le bois de Satory, où, après l'avoir attaché à un arbre, ils lui défendirent de pousser aucun cri avant une demi-heure, en lui déclarant qu'un d'eux resterait armé pour le poignarder s'il osait appeler à lui avant qu'ils eussent eu le temps de s'éloigner. Soumis à cet ordre impérieux il avait gardé le silence comme on le lui avait prescrit.

Sur les onze heures du soir, le portier de la grille Satory entendit de longs gémissemens et des cris lamentables; il se leva à l'instant et se transporta au prochain corps-de-garde; quatre militaires armés le suivirent, et ils se dirigèrent vers le lieu d'où partaient les cris. Quel fut leur étonnement lorsqu'ils entrevirent un homme fixé à un arbre qui leur recommanda d'approcher avec discrétion, de crainte qu'il n'y eût dans cet endroit quelques hommes de cachés. En s'approchant, ils reconnurent que le malheureux était attaché avec une chaîne fermée par un cadenas; ils se hâtèrent de rompre ses liens et l'emmenèrent au corps-de-garde.

Cet homme faisait d'abord des difficultés de raconter pour quelle cause il s'était trouvé dans cette horrible situation : un officier le pressant de révéler son secret, il offrit de le confier à lui seul; mais comme il survint un commandant qui exigea qu'il répondît à ses questions, il déclara qu'il ne dirait rien qu'en présence du préfet. Alors on le conduisit chez le préfet, où il fit la déclaration de ce que nous venons d'énoncer ci-dessus. Des ouvriers de la manufacture d'armes de Versailles le reconnurent pour avoir travaillé avec eux, et le reconduisirent dans sa demeure à Paris. C'est en prairial an 8, qu'est arrivée cette aventure.

Un cavalier fort bien mis, et de la figure la plus prévenante, descend sur la brune à une hôtellerie très-fréquentée et qui est située sur une grande route; il recommande au valet qui vient au-devant de lui d'avoir soin de son cheval et de lui donner ce qu'il lui faut; ensuite il entre dans la maison et demande ce qu'on peut lui servir à souper. Le maître du logis lui montre la carte; il choisit un poulet gras, deux plats de légumes; quant au vin, il désire le meilleur; l'hôte lui demande s'il veut être servi dans sa chambre, ou s'il préfère passer dans le grand salon, où il trouvera bonne compagnie; il se décide pour le salon dans lequel il entre en saluant les personnes qui s'y trouvent. Après avoir demandé à une dame âgée d'environ trente ans, la permission de se placer près d'elle, il se met à table. On sert à chaque convive ce qu'il a demandé. On s'occupe de satisfaire son appétit; ensuite la conversation devient générale; enfin l'heure appelant les voyageurs au repos, on se sépare à regret et en se souhaitant de part et d'autre bonne nuit et bon voyage.

L'hôte, qui prenait le cavalier pour une personne d'un rang distingué, le conduisit lui-même à la chambre qu'il lui a fait préparer et lui demande, avant de le quitter, s'il a quelques ordres à lui donner. Je vous prie lui répond-il de me faire réveiller à la pointe du jour et de recommander que l'on tienne aussitôt mon cheval prêt, car il m'importe de partir à l'aube du jour, s'il est possible. L'hôte le salue en lui promettant que son désir sera rempli.

Le cavalier, se voyant seul, ferme la porte de sa chambre, et laisse la clef dans la serrure, comme il arrive ordinairement dans la plupart des hôtelleries. Il songe au moyen de sortir de cette habitation sans bourse déliée, et de mettre à contribution le maître du logis; il lui semble un homme prévenant et bon, et par conséquent facile à duper. Son imagination ne lui présentait aucune idée lumineuse, et il commençait à s'impatienter de la paresse de son génie inventif, lorsqu'il aperçoit quelques étincelles de feu dans l'âtre de la cheminée; il s'en approche aussitôt, il remue les cendres, et voit avec satisfaction qu'elles sont encore enflammées.

Cette vue lui inspire l'idée de brûler sa culotte; ce projet lui sourit et il l'adopte. Pour le mettre à exécution, il se déshabille à la hâte; il coupe sa culotte par petites parcelles, pour qu'elle brûle plus facilement; il a le soin d'éteindre la chandelle, pour qu'on le croie endormi. En une bonne heure, la culotte est si bien brûlée, qu'elle est entièrement réduite en cendres, et qu'il est impossible de trouver dans l'âtre le moindre vestige d'étoffe quelconque. L'opération achevée, le cavalier se couche et s'endort, en attendant la réussite de sa supercherie. L'hôte ne manque point, à l'aube du jour, de venir lui-même éveiller le chevalier d'industrie; il frappe à la porte de sa chambre; comme il ne lui répond point, et qu'il voit la clef dans la serrure, il ouvre la porte, entre dans la chambre, s'avance vers le lit, et lui dit en s'approchant de son oreille: « Monsieur, il est temps » de vous réveiller. » Le cavalier que le bruit avait réveillé, mais qui avait feint de ne pas entendre entrer l'hôte, se frotte les yeux, se jette à bas du lit, passe sa redingote, et fait semblant de chercher sa culotte, et pendant le temps de sa recherche, il s'informe à l'hôte si son cheval est sellé. L'hôte qui le voit bouleverser la converture et les matelas du lit, lui demande s'il a perdu quelque chose; il lui répond que c'est sa culotte qu'il ne trouve pas. Voilà donc l'hôte occupé de son côté à chercher ce qu'il ne peut découvrir. La plus exacte perquisition étant faite

dans tous les coins et recoins de la chambre, sans apercevoir la culotte, le cavalier dit à l'hôte: « Il paraît, Mon-
» sieur, que votre maison n'est pas
» bien sûre, et qu'il s'y trouve des
» gens qui ne se font pas de scrupule
» de dévaliser les voyageurs; car je ne
» suis pas venu sans culotte; et vous
» voyez vous-même qui m'avez aidé à
» la chercher, qu'elle est disparue. Ce
» qui me pique le plus, c'est qu'elle ren-
» ferme dans un des goussets, une
» bourse de cent louis en or, dont
» j'en dois donner ce matin vingt-
» cinq, que j'ai promis d'apporter, et
» je tiens à ma parole. Il faut donc
» maintenant, Monsieur l'hôte, que nous
» procédions tous les deux à la visite
» dans toutes les chambres de votre

» maison, à commencer par celles qui
» sont occupées. — Je réponds, Monsieur, reprend l'hôte avec humeur, de
» tous les voyageurs qui sont ici ; je les
» connais particulièrement, et ils sont
» incapables de soustraire la moindre
» chose à qui que ce soit. — Je n'en
» doute point, dit le chevalier d'industrie ; mais il n'est pas moins vrai
» que ma culotte est disparue et qu'il
» faut qu'elle se retrouve. Comme je
» n'ai pas le temps d'attendre le réveil
» de chaque voyageur, je vous prie
» d'envoyer chercher le juge de l'endroit.
» — Mais, Monsieur, vous n'y pensez
» pas, vous allez faire perdre le crédit
» de ma maison. — J'en suis fâché
» pour vous, mais il faut que justice
» se fasse. Je vous ai déjà observé que

» mon temps est précieux; sans ce
» fâcheux événement, je serais déjà
» parti. » Et mon homme de jurer aussitôt que personne ne sortira de la maison; plus l'hôte le prie de ne point parler si haut, plus celui-ci élève la parole. L'hôte, voyant que le cavalier ne veut point entendre raison, lui dit : « J'avoue
» que la disparition de votre culotte est
» pour moi une énigme que je ne puis
» comprendre. J'ai intérêt de me con-
» server la confiance des voyageurs qui
» me font l'honneur de descendre chez
» moi, et vous devez bien croire que
» la visite d'un juge discréditerait pour
» jamais ma maison. Voici, Monsieur,
» la proposition que je vous fais : de
» vous donner une culotte neuve que
» je n'ai mise que deux fois, et elle

» vous ira, car vous êtes de ma taille » et de ma corpulence, et une bourse » de vingt-cinq louis en or pour effec- » tuer votre paiement. » Cette proposition était justement celle qu'attendait le chevalier d'industrie, mais il fit semblant de l'entendre avec indifférence. L'hôte continua de lui dire : « Permet- » tez-moi de vous représenter, Monsieur, » que ce sacrifice me gêne beaucoup ; » je sais que votre perte est trois fois » plus forte que celle que je me décide » à subir pour soutenir mon crédit. Je » ferai néanmoins, mais sans blesser la » délicatesse de qui que ce soit, toutes » les perquisitions nécessaires pour ra- » voir votre culotte, et si j'ai le bon- » heur de la retrouver, croyez que je » vous la remettrai quand vous me ferez

» l'honneur de descendre chez moi ; » et je vous avoue que c'est la première » fois qu'il m'arrive un pareil événe- » ment. » Le cavalier eut l'air de s'attendrir : « Vous m'avez l'air d'un brave » homme, reprit-il. Je consens à votre » proposition, et si ce n'était les vingt- » cinq louis dont j'ai absolument be- » soin, je n'accepterais que la culotte, » car je ne puis m'en aller sans cela. » L'hôte, sans plus attendre, court chercher les objets de son offre, et, en moins de deux minutes, les remet au chevalier d'industrie qui s'habille à la hâte, désirant sortir au plus vite de l'auberge. Le cheval était prêt ; il monte dessus. L'hôte, avant qu'il s'en aille, lui recommande de ne parler à personne de l'aventure, ce qu'il promet, et certes il n'avait garde de la divulguer. Ils se quittent en se donnant la main: l'hôte satisfait d'en être quitte, suivant lui, à si bon marché, et le chevalier industrieux bien content d'avoir soupé sans qu'il ne lui en coûtât rien, et ayant en outre escroqué vingt-cinq louis.

~~~~~~~~

UN certain filou se promenant dans Paris, étant aux aguets pour trouver moyen de faire son coup, vit une porte ouverte, il entre hardiment, ayant son excuse préparée en cas qu'il rencontrât quelqu'un; il entre jusqu'à la salle, dans laquelle ne trouvant personne, il se saisit d'une jupe de taffetas qu'il trouva sur une chaise, et l'emporte. En sortant de la maison, il rencontra
~~~~~~~~

à la porte un procureur, maître du logis, qui revenait du Palais, et qui le voyant chargé sous son manteau, lui demanda ce qu'il portait. Il ôte hardiment son manteau, et lui montre la jupe qu'il portait, disant que madame son épouse venait de la lui donner, pour la raccommoder ; de façon que le procureur, prenant le filou pour un des garçons du tailleur, le laissa librement aller.

Un fripon rencontra près de Londres un ecclésiastique très-bien vêtu ; il crut à sa mise que c'était un de ces chapelains qui ordinairement ont leur bourse remplie de guinées. Il l'accosta ; lui dit que son habit lui paraissant meilleur que le sien, il le priait de le lui troquer. L'ecclésiastique crut d'abord que c'était un badinage ; mais voyant que le fripon prenait un air d'impatience, il ôta donc à regret son habit, et prit l'autre. Dès que l'échange fut fait, le prêtre se mit à courir de toutes ses forces, craignant d'être maltraité. Le fripon, se ressouvenant qu'il avait oublié d'ôter ce qu'il y avait dans son habit, courut après lui, lui criant de s'arrêter et le prêtre de courir plus vîte. Enfin le volé arriva dans une rue fréquentée de la ville, et le fripon cessa sa poursuite. Le prêtre arrivé chez lui, trouva dans une des poches de l'habit des billets de banque pour la somme de 230 liv. sterlings.

Un filou, sous le déguisement d'un laquais en livrée, alla frapper à la porte d'une maison située dans la place Saint-James, à Londres, où il se donnait un grand dîner; il remit au domestique qui se présenta, une lettre adressée à un lord qui était un des convives, en disant qu'il avait ordre d'attendre la réponse. A la lecture de cette lettre, le lord ayant souri avec un air de complaisance, la compagnie (c'était un dîner d'hommes) le pressa de la mettre au fait du message galant qu'il venait de recevoir; il s'en défendit, mais d'une manière qui promettait le succès d'une nouvelle sollicitation. On insista, sa discrétion fut obligée de céder, et il avoua (d'abord d'un air de réserve) que la lettre qui venait de lui être remise était un billet doux. Peu-à-peu il devint plus communicatif, et il finit par lire à haute voix la missive d'un bout à l'autre, avec la précaution cependant de ne pas décliner le nom de la personne qui lui écrivait. Après cette première jouissance (prélude des momens délicieux que lui promettait la lettre), il ordonna au domestique de dire au porteur qui attendait dans l'antichambre qu'il aurait l'honneur d'aller déjeuner avec sa maîtresse le lendemain matin. Tous les convives s'empressaient à l'envi de le féliciter de sa bonne fortune, et l'on buvait à la santé de la belle inconnue, quand le domestique qui avait porté la réponse verbale, rentra d'un air effaré dans la salle, et s'adressant à son maître, il lui dit : Monsieur... Monsieur... l'homme en livrée qui... qui... qui a apporté le billet doux à milord, a emporté avec lui toutes les redingotes, les cannes, les chapeaux qui étaient dans l'antichambre! Les éclats de rire commencèrent alors, malgré la perte des redingotes, et le fortune lord fut le seul qui ne s'amusa pas de cette saillie.

Un particulier qui se promenait dans une des rues de Paris, ayant à la main une très-belle canne à pomme d'or, rencontra un mendiant qui paraissait se traîner avec beaucoup de peine à l'aide de deux béquilles, et qui le sollicita si vivement de lui faire l'aumône, que, pour se débarrasser de ses importunités, il lui donna une pièce de douze sous. Un passant fort bien vêtu dit au premier que cette aumône était fort mal placée; que le fripon à qui il venait de la faire, avait des jambes aussi bonnes que les siennes, et qu'il ne contrefaisait l'estropié, que pour escroquer de l'argent aux gens charitables à qui sa prétendue situation pouvait inspirer de la pitié. Pour vous en convaincre, ajouta-t-il, prêtez-moi un instant votre canne, et vous verrez que la crainte d'être traité comme il le mérite, lui rendra bientôt son agilité. L'homme à la canne à pomme d'or, piqué d'avoir été la dupe de son bon cœur, et curieux de voir ce qui en était, prêta sa canne, et l'étranger officieux courut sur le mendiant pour le frapper. Celui-ci mit ses béquilles sous le bras, redressa ses jambes, et se sauva avec tant de promptitude, que l'homme curieux qui les suivait l'un et l'autre de l'œil, jugea que l'assaillant ne joindrait pas le fuyard. Il y a cependant lieu de croire qu'il le rejoignit à la fin, puisque la canne n'est pas revenue, et que le particulier, après avoir attendu inutilement, se vit contraint de continuer son chemin sans sa canne à pomme d'or.

Trois filous ayant remarqué parmi une grande foule de peuple qui était à la Croix du Trahoir pour voir exécuter un gentilhomme condamné à avoir la tête tranchée, un paysan du village de Colombe, monté sur un fort bel âne, qui regardait avec une grande attention tout le mystère de la justice, ils entreprirent d'avoir l'âne du pauvre homme. Pour parvenir à leur dessein, ils se coulèrent tous trois parmi la foule, et étant parvenus jusqu'auprès du paysan, l'un d'eux, appuyé sur le cou de l'âne, lui cachait la tête de son manteau, pendant qu'un autre feignant de s'accoter doucement sur la croupe, le dessangla subtilement; puis, prenant avec son troisième compagnon, les deux côtés du bât de l'âne, ils levèrent doucement le villageois en l'air, sans qu'il s'en aperçût en aucune façon que ce fût, tant il avait l'esprit occupé à entendre chanter le *salve*, et à considérer le pauvre gentilhomme. Pendant une petite émotion qui arriva au sujet de quelques coupeurs de bourses, qui pouvaient être de la bande des filous, et justement lorsque le bourreau tirait son sabre pour donner le coup, le filou qui cachait la tête de l'âne, le tirant par la bride, pendant que l'un des autres le piquait aux fesses avec une épingle, il tira la bête d'entre les jambes du paysan qui avait les yeux sur l'échafaud, et lui ayant fait faire quatre pas, l'emmena pendant que les deux autres soutenaient toujours le bon homme sur son bât. Aussitôt que le coup fut donné, les deux filous laissèrent tomber le paysan : ce pauvre homme se voyant culbuté à terre, et son âne hors d'entre ses jambes, demeura tellement éperdu, qu'il ne savait s'il était mort ou vif;

puis ayant repris un peu ses sens, il demanda à ceux qui étaient autour de lui, s'ils n'avaient point vu sa bourrique; mais il n'en put apprendre autre chose sinon qu'un homme vêtu de noir l'avait emmenée; le paysan fut contraint de s'en retourner à pied dans son village, grandement étonné d'une aventure aussi étrange, et dont il ne put jamais rendre raison à sa femme, ni à son curé.

~~~~~~~~

DEUX filous de considération, je les nomme ainsi, parce qu'il fallait qu'ils eussent du bien pour avoir fait ce que vous allez entendre, leur fonds se montait à vingt-cinq ou trente mille livres, ils étaient étrangers et vinrent demeurer
~~~~~~~~

à Paris. L'un d'eux prit une grande maison au faubourg Saint-Germain, avait carrosse et chevaux dans un des plus beaux hôtels; l'autre fit la même chose au marais; car il importait qu'ils fussent le plus qu'il se pouvait faire, séparés l'un de l'autre. Celui qui était logé au marais contrefaisait l'allemand, semblant être fort facile à duper; il se disait être un marchand qui venait employer quantité d'argent dans cette grande ville de Paris, pour avoir toutes sortes de marchandises qu'il devait porter à la foire de Francfort en Allemagne. Il achetait de tous côtés ce qu'il pouvait rencontrer de curieux, jusqu'à plus de vingt-mille livres qu'il mit en étoffes d'or, de soie et de laine, en castors, en toiles de lin, en dentelles de points coupés, en pierreries et orfévreries, en montres, en gants, en rubans et éventails, et généralement en tout ce qu'il voulait faire croire qu'il y aurait un grand profit à le porter à cette foire. Tout ce qu'il achetait, il le payait argent comptant, en belles pistoles qu'on ne pesait point en ce temps-là; elles ne valaient pour lors que sept livres quatre sous, mais entre marchands à la bourse elles passaient bien jusqu'à sept livres six sous. Il prenait les marchandises au prix qu'on les lui faisait, comme un homme qui préjugeait bien qu'il n'en paierait rien. Quand le marché était fait, il payait tout en pistoles; mais il les donnait à sept livres six sous, disant qu'elles lui coûtaient autant. Les marchands qui trouvaient bien leur compte ailleurs, se souciaient fort peu de deux sous par pistole; eux qui, dans la vente de leurs marchandises, en gagnaient plus de trente et même jusqu'à un écu. Toutefois il leur disait, en contrefaisant l'étranger: Messieurs, j'ai pris ici les pistoles d'un marchand au prix que je vous les donne; il m'a fait entendre qu'elles valaient cela à Paris, il n'a tenu qu'à moi que je n'aie pris d'autre argent; il n'est pas raisonnable que vous y perdiez, ni moi non plus, ni qu'en cette considération vous me vendiez vos marchandises plus chères; tous ceux qui en ont reçu de moi peuvent aller trouver mon marchand avec un billet de moi, qui leur donnera d'autre argent. Ceux-ci eurent l'oreille éveillée, le pis qu'il nous puisse arriver est de perdre deux sous par pistole, que nous gagnons bien et par delà sur notre marché; mais si nous les pouvons avoir ce sera encore le mieux: de façon qu'ils prirent tous un billet de ce prétendu marchand, pour recevoir d'autre argent chez son banquier; c'est ainsi qu'il nommait celui qui, comme nous avons dit, se tenait au faubourg Saint-Germain. Ils vont tous le trouver les uns après les autres pour avoir d'autre argent, et pour ne point perdre deux sous sur chaque pistole: le banquier supposé les remit tous au lendemain, disant qu'il devait le soir recevoir d'autre argent. Pendant cet intervalle, le filou qui se tenait au marais, et qui était saisi des marchandises, compte avec son hôte et s'en va. Le lendemain tous les marchands se trouvent au lever de celui qui leur avait donné rendez-vous ; ils attendirent qu'il fût habillé et en état de leur parler : il les fit tous entrer, leur demandant quel argent ils avaient reçu de leur correspondant, chacun apporte son fait, l'un cent pistoles, l'autre cinquante, celui-ci quatre-vingt, celui-là deux cents, faisant écrire sur un livre les noms de ceux qui lui rapportaient cet argent ; et la somme qu'ils lui mettaient entre les mains. Comme il eut fait à tout le monde, demandant s'il n'y en avait plus : voyant qu'à peu près il avait son compte il leur dit, Messieurs, je suis bien aise de ravoir mon argent, celui qui vous a envoyés vers moi n'est qu'un fripon à qui j'ai prêté tout cet argent-là, à la recommandation d'un de mes amis dont il m'a apporté des lettres ; entre nous autres marchands en gros nous les prenons à ce prix-là, et c'est un sot de me les renvoyer, vu que je ne prends aucun intérêt de lui ; allez lui faire ce rapport de ma part, et l'assurer qu'il n'aura jamais un teston de moi. Les marchands voulurent faire du bruit ; mais le faux banquier leur dit : allez reprendre vos marchandises, je m'en vais vous donner un mot à tous, par lequel je confesserai que j'ai repris mon argent, et que je l'en tiens quitte. Ceux-ci ne pouvant faire autre chose, furent contraints d'aller promptement chercher le marchand du marais qu'ils trouvèrent parti. Celui du faubourg Saint-Germain compta sans différer avec son hôte, plia bagage et fut trouver son camarade, où ils s'étaient donné rendez-vous, et les deux filous, au lieu d'aller à Francfort, allèrent ailleurs débiter les marchandises des pauvres marchands qui, pour un petit intérêt de plus, devinrent les dupes de ces deux fripons.

~~~~~~~~~~

Un paysan avait une pièce de toile à vendre. Il la porta un vendredi au marché de Rouen; l'ayant sur son épaule il se promenait dans la halle avec d'autres personnes qui, comme lui, étaient venues dans le même dessein. S'étant promené long-temps et commençant à se lasser, il s'assied, pour se reposer, sur une pierre qui était là. Un filou le
~~~~~~~~~~

voyant en cette posture, prend une aiguille et du fil, et coud sur son épaule, par derrière lui, un morceau de la toile qui passait; lorsqu'il eut achevé de coudre, il prend par derrière à ce paysan toute la toile qui était sur son épaule, et la renverse sur la sienne, se mettant à se promener avec les autres. Le paysan sentant qu'on lui avait dérobé sa toile regarde à l'entour de lui de tous côtés, il ne sait à qui s'en prendre: celui qui la lui avait enlevée lui demande ce qu'il avait; comment, s'écrie-t-il, on vient tout-à-l'heure de me prendre ma toile que j'avais sur mes épaules, et je ne sais qui c'est! Le filou lui montrant le bout qui était cousu sur son épaule, lui dit: si tu eusses cousu ta toile sur tes épaules comme j'ai fait de la mienne, on ne te l'eût point dérobée. Le pauvre paysan en fut pour sa pièce de toile.

Un filou ayant appris que proche de la place Maubert, une honnête femme veuve logeait des pensionnaires, entra effrontément dans cette maison, et n'ayant rencontré dans une chambre que trois manteaux de tous ceux qui étaient en pension, il s'en saisit à l'instant, et les mit sous le sien; il redescendait les escaliers plus vite qu'il ne les avait montés, et se disposait à franchir le pas de la porte lorsqu'un jeune avocat, qui était pensionnaire de cette maison, revenant de la ville avec un manteau doublé de panne, rencontrant le filou, lui demanda d'où il venait; à quoi le coquin répondit sans s'étonner qu'il allait dégraisser des manteaux que des messieurs qui logeaient dans cette maison venaient de lui donner. Le jeune avocat regardant aussitôt le collet et le haut du sien qui était gâté de poudre, dont on se servait beaucoup en ce temps-là, lui demanda si cela serait bientôt fait : le filou ayant répondu que dans une heure il les rapporterait comme neufs, l'avocat lui donna son manteau, et le pria de le nettoyer au plus tôt. Tellement que par cette ruse le drôle emporta quatre manteaux au lieu de trois, et ne les rapporta pas. On laisse à juger ce qui se passa entre les pensionnaires, lorsqu'ils virent leurs manteaux perdus, et la manière dont ils se moquèrent de l'avocat qui avait perdu le sien par sa propre faute.

TROIS marchands de la ville de Naples, ayant équipé et armé un vaisseau de guerre pour aller en course contre les pirates, eurent la fortune si favorable, qu'en peu de temps ils amassèrent un butin qui pouvait bien monter, tant en argent qu'en nippes, à la valeur de soixante-mille ducats. Avec cette somme ils voulurent se retirer, craignant qu'en voulant hasarder davantage, ils ne perdissent le tout, espérant qu'avec chacun vingt-mille ducats, outre ce qu'ils avaient chez eux, ils passeraient assez agréablement le reste de leur vie. Ils revinrent donc dans la ville de Naples, avec dessein de mettre cet argent chez quelque riche marchand pour le faire profiter. Mais, comme ils étaient tous trois extrêmement défians, ils ne voulurent point qu'aucun d'eux fût gardien de l'argent, et le mirent chez un certain banquier pour être en sûreté, jusqu'à ce qu'ils eussent trouvé une occasion favorable de le placer à un intérêt raisonnable. Ils en firent dresser un mot d'écrit par ce banquier, par lequel il s'obligeait de rendre cet argent toutefois et quand il en serait requis par tous les trois d'accord de partie, et de ne le point rendre qu'en leur présence, sous peine de payer au double; déclarant ces marchands, qu'ils ne lui demandaient aucun intérêt pour le temps que cet argent serait entre ses mains, attendu qu'ils n'avaient pas résolu de le lui laisser long-temps, mais de l'employer le plus tôt qu'il leur serait possible. Il y avait un de ces trois marchands qui avait beaucoup plus d'adresse et d'esprit que les autres; aussi les trompa-t-il. Celui-ci, par son expérience, menait les deux autres comme il voulait : il avait la charge de toute la dépense qu'ils faisaient, même de trouver moyen de placer leur argent dans un endroit assuré pour le faire profiter à intérêt. Celui-ci négociait aussi au nom des trois les affaires qu'ils avaient en la vicairie de Naples, qui est une espèce de parlement; il avait une procuration de ses compagnons pour agir en leur nom de tout ce qui les concernait touchant l'opération de leurs biens; et quand il lui fallait quelqu'argent, il prenait une police de ses associés (c'est ainsi qu'en ce pays-là on nomme les billets) pour en recevoir du banquier pour toutes les dépenses qu'il leur fallait faire en commun, laquelle police était à peu près en ces termes : « Un tel banquier, vous délivrerez comptant à un tel, présent porteur, la somme de tant, qu'étant signée de lui, sera allouée par nous sur les comptes que nous avons ensemble. »

Celui-ci avait déjà reçu quantité de polices de cette nature, et beaucoup d'argent dont il avait tenu compte à ses associés; et comme il avait envie de les tromper, il leur fit entendre qu'il ne tarderait guères à trouver un moyen d'employer leur argent d'une manière dont ils tireraient un intérêt considérable. Il fit si bien que ses compagnons dirent au banquier qu'il ne garderait plus leur argent, et qu'un tel, en lui nommant le matois dont nous venons de parler, le devait placer dans un endroit dont ils tireraient un grand profit; sur quoi le banquier leur répondit que, quand ils le désireraient, leur argent était prêt. L'associé filou, ne voulant pas retarder davantage à faire éclore son dessein, vint trouver ses associés et leur dit qu'il était temps de faire profiter leur argent, et qu'il en avait trouvé le moyen, comme il le leur avait promis. Ensuite, il leur exposa un projet séduisant, qu'il avait fabriqué, et qui présentait un profit certain et très-avantageux ; mais il ne dissimula point que, pour l'exécution, il fallait faire un présent à certain personnage, sans lequel il ne pouvait rien, et qu'il fallait aussi, pour cet effet avancer de l'argent, dont il dit qu'il leur tiendrait compte. Il leur demanda donc une police pour le banquier, qu'ils ne refusèrent pas de signer, comme ils avaient fait des autres, mettant :

« N., banquier, ne manquez pas à déli- » vrer à un tel, présent porteur... » Là-dessus, ils lui demandèrent quelle somme il voulait. Je ne vous le saurais bien dire pour le moment, répondit-il; car il faut auparavant que je consulte plusieurs personnes, et j'aurais trop loin pour revenir ici : mettez qu'il me donne la somme que je demanderai; ce qu'ils firent, notant : « ce qu'il vous demande- » ra. » Celui-ci bien content va trouver le banquier, à qui il dit : Je savais bien que vous ne garderiez pas long-temps notre argent; je m'en vais de ce pas le placer; voilà mes associés qui vous mandent que vous me le remettiez entre les mains. Ce banquier, voyant la police, ne fit aucune difficulté de mettre tout l'argent qui lui restait de ces trois marchands, entre les mains de celui-ci, qui, extrêmement joyeux, sortit tout aussitôt de Naples, ayant donné ordre auparavant de préparer un vaisseau pour ce sujet, et depuis ce temps-là on n'a point entendu parler de lui. Les deux autres associés, voyant qu'il ne revenait point, ce qu'il n'avait garde de faire, allèrent chez le banquier pour voir s'ils n'en auraient point de nouvelles ; mais, à leur grand regret, ils apprirent ce qu'ils appréhendaient le plus, qu'il s'en était allé avec leur argent, ce dont ils furent extrêmement étonnés, et dirent au banquier qu'il en répondrait, et qu'ils avaient son écrit par lequel il s'était obligé de ne point rendre l'argent qu'en présence de tous trois. Ils le firent assigner en justice. Cette affaire fut divulguée par toute la ville et vint jusqu'aux oreilles du duc d'Ossone, vice-roi de Naples, qui fit venir les parties devant lui. Après les avoir entendues : Mon ami, dit-il au banquier, je vous condamne à exécuter ce à quoi vous vous êtes engagé, qui est de payer la somme encore une fois, puisque vous l'avez donnée avec si peu de précaution; mais je veux que les termes de votre contrat soient suivis, qui portent que vous ne paierez cet argent qu'en présence de tous trois; qu'ils se présentent tous trois, et vous leur paierez cette somme. Par ce moyen le banquier fut délivré, et les deux associés en furent pour leur argent, car l'autre n'ayant garde de paraître, le banquier ne fut pas obligé de payer une seconde fois.

Il y avait deux frères dans la ville de Chartres : l'un nommé Charles d'Estampes, et l'autre Philippe d'Estampes, fils d'un riche marchand de cette ville. Charles d'Estampes, qui était l'aîné, fut par son père envoyé à Paris, chez un marchand drapier pour apprendre le commerce, puis il s'établit, et s'habitua dans Paris, où il prit femme, de laquelle il eut quelques enfans. Philippe d'Estampes demeura à Chartres, faisant la profession de son père, qui était orfèvre. Il s'y maria; mais il ne put avoir d'enfans. Un certain filou, natif de Chartres, étant à Paris, et connaissant fort bien les deux frères et toute leur famille, résolut de faire un coup de sa main chez ce Charles d'Estampes, drapier, qui demeurait dans la rue Saint-Honoré.

Il avertit de son dessin quelques méchans garnemens de Paris qu'il fréquentait ; leur disant que par une subtilité qu'il avait imaginée, il trouverait moyen de se faire recevoir à souper et à coucher chez ce drapier ; qu'ils ne manquassent pas de se trouver dans la rue vers une heure après minuit ; qu'il leur ouvrirait la porte, et qu'ils auraient occasion de faire un beau butin là-dedans ; ce qu'ils résolurent de faire.

Ce filou, pour venir à bout de son dessein, vint trouver ce marchand drapier, presque tout nu (c'est-à-dire, en fort mauvais équipage, sans bas, ni souliers, chapeau, pourpoint, ni manteau, mais seulement avec des vieux haillons qui lui servaient de chausses), à qui il dit qu'il avait une bonne et une mauvaise nouvelles à lui apprendre : la mauvaise, était celle de la mort de son frère Philippe d'Estampes, et la bonne, que n'ayant point d'enfans, il était son héritier, et qu'il l'avait laissé exécuteur de son testament. Cette nouvelle fut capable de consoler promptement Charles d'Estampes de la perte de son frère: il demanda au filou s'il n'avait point de lettre de sa belle-sœur. Il répondit qu'oui; et qu'elle lui mandait qu'il la vînt trouver en diligence. Mais savez-vous, continua-t-il, le malheur qui m'est arrivé? Passant par Palaiseau, où j'ai dîné dans une auberge où il ne me souvenait pas que je devais quinze francs, il y a quatre ou cinq ans, les maîtres de l'hôtellerie me l'ont rappelé ; et comme je n'avais point d'argent pour les payer, ils m'ont dépouillé de mon habit, l'ont pris, et m'ont donné seulement ce méchant haillon que vous voyez. Je me suis trouvé si étonné de ce procédé, que je n'ai pas songé à prendre la lettre de madame votre belle-sœur, que de peur de la perdre, j'avais cousue dans une des basques de mon pourpoint. Je suis cependant tout prêt à réparer cet oubli, si vous voulez me faire la faveur de me prêter cette somme de quinze francs pour aller chercher mon habit; madame votre sœur qui me connaît fort bien, et chez qui je suis tous les jours, étant son proche voisin, vous la rendra sans doute, dans le cas où je n'aurais pas le moyen de vous la rendre si-tôt. Là-dessus, il lui raconta tant de particularités de Chartres, et de toute sa parenté, dont il était fort instruit, que Charles d'Estampes ne fit point de difficulté de lui donner cette somme, tant il avait hâte de voir cette lettre qui lui annonçait une si bonne succession; car il savait bien que son frère était à son aise.

Avec cet argent le filou fit bonne chère à Paris le temps qu'il fallut mettre pour faire croire qu'il avait été à Palaiseau, et qu'il en était revenu. Il s'en va chez un fripier, où pour dix francs il eut un habit complet qui avait été porté, puis s'en alla au cimetière Saint-Innocent trouver un secrétaire de ce lieu-là, à qui il fit écrire une lettre aux termes qu'il voulut, au nom de la femme de ce Philippe d'Estampes, et la porta à ce drapier, qui l'ayant lue, et vu qu'elle lui confirmait ce que le porteur lui avait dit de bouche, que sa sœur le priait de venir à Chartres en diligence, il ne douta plus de la vérité. Le filou, pour s'excuser de ce que la lettre n'était point de la main de sa sœur, avait fait écrire dedans qu'elle le priait de l'excuser; que la grande affliction où elle était ne lui avait pas permis, vu qu'elle n'eût su écrire un mot sans baigner le papier de ses larmes; remettant le surplus de la lettre à la relation du porteur, qu'elle attestait être homme de bien et de sa connaissance.

Charles d'Estampes retint le filou à souper et à coucher chez lui, qui était ce qu'il demandait, lui disant que pour répondre au désir de sa sœur, il se mettrait le lendemain au matin en chemin avec lui pour aller à Chartres. Lorsque tout le monde fut couché, le filou, qui n'avait pas envie de dormir, ouvre une fenêtre qui répondait sur la rue, pour observer l'arrivée de ses compagnons, qui ne tardèrent pas à venir; il descend en bas pour leur ouvrir la porte; mais comme ordinairement, et principalement dans Paris, où chacun se tient sur ses gardes, les portes des marchands sont fermées à double ressort, il lui fut impossible de l'ouvrir, de sorte qu'il fut contraint de remonter et de jeter par la fenêtre quelques pièces de drap à ses compagnons, n'osant pas en prendre beaucoup ni d'autres meubles, de peur qu'on ne s'en aperçût au logis, puisqu'il fallait qu'il se fît voir.

Le lendemain au matin, Charles

d'Estampes fait appeler le filou et lui dit qu'ayant songé la nuit au voyage qu'il voulait entreprendre, il ne trouvait pas à propos de paraître à Chartres qu'il ne fût habillé de deuil, qu'il lui fallait du temps pour cela, et partant qu'il lui conseillait de retourner à Chartres retrouver sa belle-sœur avec un mot de lettre qu'il lui remit, dans laquelle il expliqua la raison qui l'obligeait de retarder encore deux ou trois jours, au bout desquels il ne manquerait pas de se rendre auprès d'elle, la consolant le mieux qu'il lui fut possible de l'affliction qui lui était arrivée : il lui donna aussi de l'argent pour faire son-voyage, et pour la peine qu'il avait eue de lui apporter une si bonne nouvelle, quoiqu'il lui témoignât beaucoup plus de regret de la mort d'un si bon frère, que de cette bonne succession.

Ce filou, voyant qu'il n'avait fait qu'une partie de ce qu'il désirait, résolut de faire la même chose à Chartres à Philippe d'Estampes, et lui faire entendre que son frère était mort à Paris, pour être reçu de même dans sa maison et attraper quelques pièces d'orfévreries. Pour venir à bout de ce dessein, il fit, par un secrétaire de Saint-Innocent, contrefaire une lettre de la femme de Charles d'Estampes, aux mêmes termes que celle qu'il avait fait faire auparavant, lui donnant avis du malheur qui lui était arrivé, d'avoir perdu un bon mari, et lui un si bon frère; lui disant que son mari lui avait laissé quelques legs par son testament, dont il le faisait exécuteur, et tuteur de ses enfans en bas âge; le priant de venir en diligence à Paris pour mettre ordre à leurs affaires, lui faisant les mêmes excuses de ce que cette lettre n'était pas de sa main.

Avec cette lettre il arrive à Chartres; il la présente à Philippe d'Estampes qui fut bien fâché d'apprendre une si mauvaise nouvelle. Croyant que cet homme était venu exprès de Paris; qu'il était envoyé par sa belle-sœur, il lui fit faire bonne chère, lui disant qu'il s'en retournerait le lendemain avertir sa belle-sœur qu'il s'allait faire habiller de deuil, et que dans deux jours il l'irait trouver, et il lui donna un mot de lettre pour elle; mais le filou au lieu de passer la nuit à dormir, crocheta un petit cabinet, dans lequel il prit une petite boîte où il y avait quelques bagues de prix avec quelques autres diamans et perles, de sorte qu'il fit mieux ses affaires à Chartres qu'il n'avait fait à Paris : et dès le lendemain de grand matin il part, feignant d'aller à Paris porter la lettre. On ne s'aperçut pas si promptement du manque de cette boîte; car le lendemain l'orfèvre ne songea qu'à faire dépêcher son deuil pour s'en aller promptement à Paris.

Le bon de l'affaire est que Charles de Paris, et Philippe de Chartres partirent le même jour pour faire leur voyage, et qu'ils vinrent tous deux coucher à Bonnelle, qui est environ la moitié du chemin de Chartres à Paris; mais Charles étant parti un peu plus tôt, arriva de meilleure heure : il alla coucher au Lion d'Or, qu'il apprit être la meilleure hôtellerie. Il soupa sitôt qu'il fut arrivé, et s'en alla coucher ensuite pour partir le lendemain du matin. Philippe arriva fort tard; il s'informa de la meilleure hôtellerie, on lui enseigna le Lion d'Or, où il fut demander une chambre ; on lui en donna une joignant celle de son frère, qui était couché et qui dormait, et pour y aller il fallait passer au travers de celle où son frère était; à quoi il ne prend point garde en passant, et s'alla coucher avec un de ses amis qu'il avait emmené avec lui.

Comme ils discouraient ensemble dans cette chambre, Charles s'étant éveillé, entendit la voix de Philippe qu'il jugea approcher de celle de son frère, quoiqu'il ne pût pas discerner les mots, dont il s'étonna fort, et commença à avoir peur que ce ne fût l'âme de son frère qui revenait; mais ce qui le confirma bien davantage dans cette appréhension, fut qu'ayant pris envie à Philippe, étant couché, d'aller aux lieux secrets, il se lève nu en chemise et passe au travers de la chambre de son frère, celui-ci, par le clair de lune qu'il faisait, eut le moyen de le reconnaître, et le voyant en cet état, jeta un grand cri, qui ne donna pas moins de peur à Philippe, qui reconnut la voix de son frère, et qui s'en retourna à son lit extrêmement effrayé, croyant de son frère, ce que son frère croyait de lui; de sorte qu'ils passèrent tous deux le reste de la nuit dans l'appréhension l'un de l'autre. Mais le bon fut le lendemain au matin, qu'ils se rencontrèrent en deuil l'un de l'autre, chacun s'enfuyant de son compagnon avec des signes de croix, pensant voir un fantôme. Peu à peu s'étant enhardis, ils ne doutèrent plus du tour qu'on leur avait fait; de façon que chacun s'en retourna chez soi, où au bout de quelque temps ils s'aperçurent du larcin, le drapier de son drap, et l'orfèvre de sa boîte; mais il fallut que l'un et l'autre prît patience parce qu'ils ne voyaient aucun remède à leur perte.

FIN DU PREMIER VOLUME.

TABLE

DU PREMIER VOLUME.

PAGES.

FIN DE LA TABLE DU PREMIER VOLUME.

www.ingramcontent.com/pod-product-compliance
Lightning Source LLC
LaVergne TN
LVHW010545110826
845149LV00003B/564

* 9 7 8 2 0 1 9 5 9 0 4 1 3 *